KB195992

THE OMNIPOTENT
BRACELET

전능의 팔찌 2부 16

김현석 현대 판타지 장편소설

초판 1쇄 찍은 날 § 2025년 1월 17일
초판 1쇄 펴낸 날 § 2025년 1월 24일

지은이 § 김현석
펴낸이 § 서경석

총괄팀장 § 황창선
편집책임 § 양준
디자인 § 스튜디오 이너스

펴낸곳 § 도서출판 청어람
등록번호 § 제387-1999-000006호
등록일자 § 1999. 5. 31
어람번호 § 제1-3237호

본사 § 경기도 부천시 부일로 483번길 40 서경B/D 3F (우) 14640
편집부 § 서울특별시 구로구 디지털로 272 한신IT타워 404호 (우) 08389
전화 § 02-6956-0531 팩스 § 02-6956-0532
http://www.chungeoram.com
E-mail § chungeorambook@daum.net

ISBN 979-11-04-92525-2 04810
ISBN 979-11-04-92499-6 (세트)

MODERN FANTASTIC STORY

2부

THE OMNIPOTENT
BRACELET

김현석 현대 판타지 소설

16

도서출판 청어람

전능의 팔찌 2부
THE OMNIPOTENT
BRACELET

목차

16권

Chapter 01

—

나랑 한잔 어때?

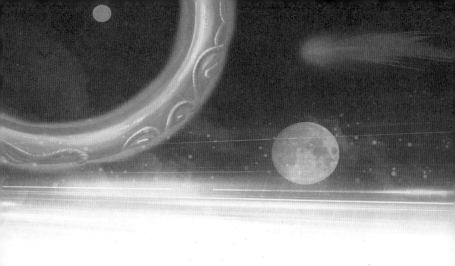

막심 마무린은 극동 하바롭스크의 억만장자 그레고리 네클
류도프(Gregory Nekhlyudov)의 외손자 중 하나이다.

막심의 막냇동생인 그리샤 마무린은 엽기 유투브 실험 채
널로 유명하다.

영어 'Famous'와 'Infamous'는 반대의 뜻을 가진 반대
어가 아니다.

Infamous에 '부정의 의미'를 더해주는 접두사(接頭辭)인
'In'이 붙어 있음에도 그러하다.

'Famous'는 좋은 의미에서 유명하다는 것이고,
'Infamous'는 부정적인 의미에서 유명하다는 뜻이다.

사전적 의미는 '악명 높은, 평판이 나쁜' 이라는 뜻이다.

그래서 그런지 발음도 다르다. Famous는 '페이머스' 라 읽고, Infamous는 '인퍼머스' 라 읽는다.

이와 같이 부정접두사가 붙었음에도 긍정의 뜻을 표현하는 단어들이 있기는 하지만 매우 드물다.

Invaluable : 매우 값진

Innumerable : 헤아릴 수 없을 정도로 많은

Immeasurable : 측정할 수 없을 정도로 큰

어쨌거나 그리샤는 돈을 미끼로 불특정 다수에게 다음과 같은 요구를 했다. 그리고 그걸 찍어 유튜브에 올렸다.

— 돈을 줄 테니 속옷만 입고 세차할래?

— 돈 줄게 니 애완견을 총으로 쏴서 죽일래?

— 컵에 가득 찬 오줌을 마셔봐

— 나체로 돌아다닐 수 있지?

— 지금 바로 삭발하면 돈 줄게

— 돈을 껌처럼 씹어서 삼키면 먹은 액수만큼 줄게

— 돈 주면 내가 당신의 여자 친구와 키스해도 되지?

— 공원 잔디밭에 엎드려 개처럼 짖을 수 있지?

— 당신 머리에 토마토 주스를 뿌려도 되지?

이 채널은 돈만 있으면 뭐든 할 수 있다는 걸 보여주는 것으로 악명이 높다.

그리샤 마무린은 고작 16세라 아직 변태성욕자 반열에 오르지 못했지만 형인 막심 마무린은 이미 완성된 변태이다.

그의 침실엔 수갑, 밧줄, 양초, 채찍, 올가미 등이 있으며 그로 인해 몸부림친 여인의 수만 200명이 넘는다.

다들 한 미모 한다고 자부할 정도의 미녀들이었는데 돈다발 앞에 무릎을 꿇은 것이다.

그런 막심의 눈에 밀라와 올리비아가 뜨였다.

밀라는 1992년에 제작된 영화 '여인의 향기'에서 맹인 역할이었던 주인공 알 파치노와 탱고를 췄던 도나 역의 가브리엘 앤워(Gabrielle Anwar)의 전성기 때 모습이다.

가만히 있어도 우아하면서도 지적으로 보이는데 오늘은 틀어 올린 머리 때문인지 훨씬 더 고혹[1]스럽게 보인다.

곁에 있는 올리비아도 만만치 않다.

2005년에 제작된 영화 '킹콩'의 여자 주인공 나오미 왓츠(Naomi Watts)가 가장 아름다울 때의 모습이다.

걸치고 있는 하늘하늘한 드레스와 너무나 잘 어울려 가히 여신급 미모를 뽐내는 중이다.

러시아는 미녀의 나라이다. 하여 사내들로부터 미인이라는

---

1) 고혹(蠱惑) : 아름다움이나 매력에 홀려서 정신을 못 차림

평가를 받으려면 제법 높은 허들(hurdle)을 넘어야 한다.

그런데 현재의 밀라와 올리비아는 다 죽어가던 사내의 눈도 번쩍 뜨일 만큼 아름다울 뿐만 아니라 뇌쇄적이다.

지윤이 전수해 준 K-Beauty 기술 덕분이다. 한국식 화장술이 미모를 더욱 돋보이게 한 것이다.

막심은 홀린 듯 올리비아에게 다가섰다. 이때의 올리비아는 현수의 곁을 떠나 몇 발짝 떼었을 때이다.

화장실을 찾으려 두리번거리고 있었기에 막심이 흑심을 품고 다가오는 것을 미처 발견하지 못했다. 당연히 그의 두 눈에 서린 지독한 변태적인 음욕 또한 보지 못하였다.

그렇게 두리번거리며 몇 발짝 떼던 중 살짝 그의 발을 밟았다. 그러자 의도되고 과장된 반응을 보인다.

"으읏! 아악!"

"어맛! 미, 미안해요. 괜찮아요?"

"네, 괜찮습니……. 아!"

막심은 짐짓 고개를 들어 시선을 마주치며 말끝을 흐린다. 그러면서 진짜 놀랐다는 표정을 짓는다.

"오오! 정말 아름다운 아가씨군요."

"죄송해요. 괜찮으신 거죠?"

그리 세게 밟지 않았음을 알기에 한 말이다.

"조금 아프긴 한데 견딜 만하네요."

"다행이네요. 정말 미안합니다. 그럼 이만!"

말을 마친 올리비아가 화장실 쪽으로 몸을 틀었다. 이때 막심의 손이 가녀린 팔뚝을 잡아챈다.

"아가씨! 그냥 가지 말고, 나랑 한잔 어때?"

"네? 뭐라고요?"

주변의 소음 때문에 막심의 말을 제대로 듣지 못한 올리비아가 눈을 상큼하게 뜬다. 이 순간 별빛 같은 눈동자와 시선이 마주친 막심이 잠시 흠칫거린다.

이미 수많은 미녀들을 섭렵했지만 한 번도 만나보지 못한 진품 중의 진품을 만났음을 직감한 것이다.

그동안엔 머리는 비고, 돈은 좇는 여인들을 만났다.

이에 반해 올리비아는 민스크 대학교 동기들도 인정할 만큼 뛰어난 두뇌를 가졌고, 남부럽지 않을 만큼 넉넉한 가정에서 무탈하게 성장하였다. 하여 돈에 대한 갈망이 적어 웬만해선 돈의 유혹에 넘어가지 않는다.

무남독녀인지라 장차 부모로부터 물려받을 재산이 적은 것도 아니기에 큰 욕심이 없으며, 본인만의 확실한 가치관이 뚜렷하게 정립되어 있다.

"아가씨가 마음에 든다고. 나가서 술 한잔할래?"

막심은 미남이라 할 수 있다.

영화 '신비한 동물사전'에서 주연을 맡았던 에디 레드메인(Eddie Redmayne)보다 살짝 더 잘생겼다.

이런 얼굴에 영국 신사처럼 말끔하게 차려입고 많은 여성들을 유혹했으니 성공률은 90% 정도였다.

미남에 매너와 언변도 나쁘지 않은데다 벤틀리나 람보르기니 같은 고급차를 몰고 다녔으니 나올 확률이다.

나머지 10%는 정말 급한 일이 있어 나중을 기약해야 했거나 애인이나 남편을 너무도 열렬히 사랑하는 경우였다.

따라서 올리비아도 순순히 본인을 따라나설 것이라 생각했다. 하지만 화장실이 급한데 그럴 수 있겠는가!

"아! 미안해요. 그럼 이만……."

말을 마친 올리비아는 총총걸음으로 멀어져 갔다.

'어쭈? 계집애가 감히…? 웃기는 년이네.'

막심은 나지막한 코웃음을 치곤 올리비아의 뒤를 따랐다. 무시당했다는 분노 때문에 끓어오르는지 상기된 표정이다.

그런 그의 뒤를 따르는 존재가 있다. 광학스텔스 상태에서 현수를 경호하던 신일호이다.

현수는 현재 푸틴과 메드베데프 바로 곁에 있다.

그리고 이곳은 크렘린궁이다. 러시아에서 가장 안전한 곳에 있으니 전혀 위험하지 않은 상황이다.

푸틴은 현수에게 지극히 우호적이다. 그렇기에 현수의 곁을 떠난 것이다. 물론 도로시의 허가는 받았다.

올리비아의 신분은 벨라루스 정부에서 파견한 특사 겸 수행비서이다.

벨라루스를 떠나 현수의 곁에 머무는 동안엔 이실리프 왕국이 보호해 줘야 하는 존재인 것이다.

신일호가 아무런 기척 없이 막심의 뒤를 따르는 동안 도로시는 그에 관한 데이터를 수집했다.

언론에서 보도한 자료는 물론이고, 평판을 알 수 있는 인터넷 댓글과 개인 SNS까지 몽땅이다.

그 즉시 막심에게 능욕당한 여성들이 참담함 내지 비참함을 갈겨 쓴 것들 상당수를 확보했다.

가장 많은 정보는 막심의 거처에 있는 PC로부터 나왔다.

'일호! 그놈 조용히 데리고 나가.'

'넵!'

'그리고 적당한 곳에서 어디 한 군데 분질러버려.'

'네? 분질러요? 어디를요?'

'그냥 어디든 분질러. 그 자식 아주 지독한 변태야.'

신일호는 도로시로부터 전송된 영상 데이터를 받음과 동시에 내용을 확인했다.

'하아! 알겠습니다.'

신일호가 고개를 끄덕일 때 도로시의 말이 이어진다.

'휴대폰은 박살내서 버리고, 그놈은 어디 하수도 시궁창 같은 곳에 처박아버려. 한 이틀쯤 찾을 수 없는 곳에.'

도로시의 음성에선 분노가 느껴진다.

막심이 찍어놓은 수많은 섹스 동영상 때문이다. 여성들을 유린하면서 킬킬거리는 모습이 고스란히 찍혀 있었다.

'신분증과 신용카드도 없애버리고 현금은 노숙자들에게
줘.'

'넵.'

신일호의 짧은 대답이 있을 때 막심의 은행계좌는 비워지
고 있었다. 동생인 그리샤의 계좌도 마찬가지다.

아울러 이들 형제의 악행을 알면서도 적극적으로 제지하지
않은 그의 부모뿐만 아니라 외조부인 그레고리 네클류도프
등의 계좌도 모조리 비워지고 있다.

앞으로 그레고리의 사업체는 난항을 겪게 될 것이다.

그러다 결국은 고사(枯死)하거나 도로시에 의해 인수된다.
이런 일은 손바닥을 뒤집는 것만큼이나 쉬운 일이다.

더 이상 돈을 벌 수 없으면 지금껏 저질렀던 만행을 더 이
상은 계속할 수 없을 것이다.

어쨌거나 The Bank of Emperor의 잔고가 약간 늘어났다.
그레고리 일가의 재산이 제법 많았던 결과이다.

여기저기에 차명으로 은닉해 둔 것도 상당히 많았는데 모
조리 압수되었다. 현물을 쌓아놓은 것이 아닌 이상 도로시의
이목을 피하는 건 불가능하다.

이 돈은 어려움에 처한 사람들을 돕는 데 사용될 예정이
다.

특히 막심 형제로부터 치욕 내지 능욕을 당한 여성들을 돕
는데 많이 사용될 것이다.

일가의 모든 계좌가 비었을 때 여자 화장실 앞을 서성이던 막심이 짧은 비명과 함께 엎어진다.

신일호에 의해 뒷덜미 가격을 당한 결과이다.

"컥—!"

잠시 후, 웨이터 복장을 한 신일호가 남자화장실에서 나온다. 어디에서나 볼 수 있는 슬라브인의 모습이다.

너무 평범해서 돌아서면 어떻게 생겼는지를 잊을 정도이다. 이 장면은 CCTV에 고스란히 찍히고 있다.

신일호는 엎어져 있는 막심을 발견하고 짐짓 놀란 표정을 짓는다. 너무 자연스러웠는데 아카데미 남우조연상은 충분히 노려볼 만한 연기력이다.

몇 번을 흔들어보더니 반응이 없자 들쳐 업는다. 그러곤 서둘러 뒷문으로 나가 연회음식을 실어온 승합차에 태운다.

이 장면은 건물 외부 CCTV에 고스란히 찍혀 있다.

그렇게 크렘린궁을 벗어난 차량은 시내를 가로질러 국립도서관과 푸시킨미술관 앞을 지나 톨스토이박물관 근처에 당도하자 골목으로 우회전한다.

더 이상의 CCTV가 없으므로 이후의 종적은 아무도 알지 못한다. 분명한 것은 병원을 찾지는 않았다는 것이다.

20분쯤 지난 후 신일호는 연회장으로 되돌아왔다.

'처리했습니다.'

'수고했어. 이제 다시 폐하를 경호해.'

'네! 알겠습니다.'

'근데 어딜 분질러 놓은 거야?'

'팔다리 뼈를 부러트리진 않았습니다. 대신 백막(Tunica albuginea)을 찢어놨습니다.'

'백막……? 음경(陰莖)을 둘러싸고 있는 막?'

'네! 변태성욕자라 하셔서 그걸 찢어놨습니다.'

남성의 성기엔 뼈가 없다. 대신 백막이라는 것이 있는데 이게 찢어지면 골절된 것과 비슷해진다.

하여 '음경 골절'이라고도 한다.

일반적으로 백막은 1,500mmHg 정도 되는 높은 압력에도 견디지만, 그 이상이 되면 찢어진다. 이때 '뚝' 하는 소리가 나는 경우가 있기에 골절이라 하는 것이다.

손상 8시간 이내에 수술을 하면 결과가 좋지만 36시간 이후가 되면 후유증 가능성이 커진다.

발기부전, 음경의 휘어짐, 혹은 요도 손상 등이다.

막심의 경우는 백막 거의 전체가 찢어졌고, 누군가에게 발견되기 힘든 하수구 시궁창에 처박혀 있다.

기어나가거나 소리를 질러 구원을 청할 수 없도록 손목과 발목이 결박되어 있으며, 입에는 테이프가 붙어 있다.

걸치고 있던 의복은 벗겨 넝마로 만들었고, 결박상태를 쉽게 발견할 수 없도록 덮어놓았다.

누군가 발견하더라도 추위를 피해 하수도로 파고 든 노숙자 정도로 여기게 될 것이다.

혼절로부터 깨어난 막심은 비명을 지르며 발버둥치고 있다. 시커먼 시궁쥐들이 코앞까지 다가온. 때문이다.

하지만 '읍읍' 거리는 소리만 날 뿐이다.

비명 소리가 하수도를 따라 흘러가는 물소리보다도 작기에 아무도 막심이 이곳에 처박혀 있음을 알지 못한다.

그나마 다행인 것은 하수의 온도가 아주 차갑지는 않다는 것이다. 인근 호텔에서 온수를 쓰고 버리는 때문이다.

소리는 지를 수 없고, 손발이 묶여 있는데다 시궁창 냄새는 나고, 시궁쥐들이 모여드니 기겁하는 중이다.

*   *   *

심리적 공포가 심해서 그런지 하초의 통증을 아직은 못 느끼고 있다. 그러거나 말거나 여러 여인들의 신세를 망쳐놓은 막심의 음경은 잔뜩 부어올랐고, 시커멓게 변해 있다.

이제 이틀 이내에 솜씨 좋은 의사를 만나지 못하면 평생 사내 노릇을 할 수 없을 것이다.

그리고 가난이 무엇인지, 배고픔이 어떤 것인지를 처절하게 겪는 삶이 눈앞에 놓여 있음을 깨닫게 될 것이다.

"읍읍! 우우읍! 우우, 우우우읍!"

시궁쥐가 다가와 귓불에 입을 대자 막심은 계속 비명을 지르며 발버둥 친다. 하지만 구원의 손길은 없다.

러시아 정부는 극동에 위치한 하바롭스크 재계 대표로 그레고리 네클류도프에게 초청장을 발송했다.

하인스 킴과의 조차 협정식이 끝나면 정부에서 베푸는 리셉션이 있으니 흥미 있으면 와도 된다는 내용이다.

세계 최고의 부자가 오니 흥미를 가질 만한 건이 있다면 와서 안면을 익히라는 뜻이다.

운이 좋아 투자받을 수 있으면 좋은 일 아니냐는 의도에서 전국 각지 재계 인사들에게 보낸 초청장 중 하나이다.

그런데 이 초청장을 받은 그레고리는 모스크바 타령을 하고 있던 외손자에게 주었다.

그 결과 막심은 시궁쥐와 어울리는 신세가 되었고, 본인의 금융재산은 몽땅 증발하게 되었다. 악질적인 방법으로 부(富)를 축적했던 하바롭스크 스크루지 영감의 최후이다.

화장실에서 볼일을 마치고 돌아온 올리비아는 현수의 뒤쪽에 섰다. 그런데 새로 산 하이힐 때문에 불편한 듯 발뒤꿈치를 문지른다.

"올리비아! 발 아프면 저기 앉아도 돼."

본인 뒤쪽의 테이블을 눈짓으로 알려주었다.

지윤과 밀라 외에 푸틴의 비서인 사샤와 이름 모를 아가씨가 앉아 있다. 메드베데프의 비서이다.

"아, 아뇨. 괜찮아요."

"괜찮긴! 안 괜찮아 보여서 하는 말이야. 그러니 앉아."

현수가 앉아 있는 곳은 헤드 테이블이다. 잔뜩 차려져 있는 음식 저편엔 푸틴과 메드베데프가 앉아 있다.

계속 서 있으면 그들과 시선이 마주칠 것이 뻔하다.

눈치를 보아하니 푸틴과 대화를 하던 중인 모양이다. 올리비아는 얼른 사샤의 곁에 앉는다.

"벨라루스에서 꽤 미인을 수행비서로 임명했구만."

의미심장한 표정의 푸틴이 한 말이다.

"네? 아! 네에. 미인 맞습니다."

현수는 고개를 끄덕였다.

"우리도 수행비서를 임명할 것이니 거절치 말게."

"네?"

"지금 교육 중이네. 조만간 보낼 것이니 그리 아시게."

"아! 네에."

"그나저나 바이칼호에 가겠다고?"

"네! 여기까지 온 김에 구경 한번 하려구요."

"자네가 타고 온 비행기를 이용할 건가?"

푸틴은 현수를 편하게 대하고 있다.

그럼에도 전혀 불쾌하지 않다. 본인이 먼저 이렇게 해달라고 이야기했으니 당연하다.

"네! 그럴 생각입니다."

"흐음! 이르쿠츠크 공항으로 가겠군."

"그래야죠."

"그래, 알겠네."

무얼 알았다는 건지 고개를 끄덕인다.

"갔다가 다시 올 겁니다. 러시아 정부에서 만찬을 베푸셨으니 제 쪽에서도 뭔가를 해야 하니까요."

"알고 있네. LA에서 파티 플래너를 불렀더군."

"아! 아셨습니까?"

"당연한 일 아닌가?"

러시아에서 일어난 일인데 뭘 묻느냐는 표정이다. 그러다 문득 생각난 게 있는지 다시 입을 연다.

"참, 우리가 자네를 사찰한 건 아니네. 그 파티에 CIA 애들이 끼어들려 한다는 첩보가 있어서 그런 거네."

지윤이 초청한 파티 플래너 일행으로 위장한다는 뜻이다.

"압니다. 미국이 앞뒤 분간 못하고 제 뒤를 캐고 싶은 모양이라더군요."

총리의 팬티 색깔까지 알고 있는 Y—Data를 떠올리고는 고개를 끄덕인다.

"그런가 보네. 그나저나 제 발로 와준다니 우리야 고맙지. 안 그런가? 하하하!"

자신 있는 표정이다. 만반의 준비를 갖췄다는 뜻이다.

"네에, 그렇지요. 그건 제 덕입니다."

현수의 시선을 받은 푸틴은 부드러운 미소를 짓는다.

"하하! 그럼, 그럼! 그러니 오해하지 말게."

"그런 거 안 합니다. 그나저나 미국이 조급한 모양입니다."

"자네가 여기에 있으니 애가 타는 모양이더군."

무슨 뜻인지 어찌 모르겠는가!

"흐흐! 흐흐흐!"

둘은 서로를 마주 보며 괴이한 웃음소리를 냈다. 이건 이심
전심(以心傳心)이었으며 염화시중(拈華示衆)의 미소였다.

참고로, '염화시중의 미소'는 석가(釋迦)가 영취산에서 설
법을 베풀 때 있었던 일에서 연유된 말이다.

그때 석가가 아무런 말없이 연꽃 한 송이를 들어 올렸다.

만장한 군중들은 '대체 왜 저러지?' 하는 표정으로 바라보
았을 뿐이지만 가섭(迦葉)만은 빙긋 미소 지었다.

부처님의 뜻을 알아차린 것이다. 훗날 가섭존자는 선(禪)의
시조가 되었다.

"참! 지나 때문에 걱정이 많으시겠습니다."

"흐음!"

러시아와 지나는 같은 공산국가로서 오랫동안 동맹으로 지
내왔다. 러시아가 경제 위기를 겪으면서 약간은 느슨해졌지만
서방국가들로부터 부당한 압력을 받을 때면 공동 대응함으로
써 체재를 유지하는 중이다.

상호간 경제적인 협조도 하고 있는데 그중 가장 중요했던
현안은 '시베리아의 힘'이라 명명된 프로젝트이다.

러시아 국영 기업 가스프롬이 추진한 사업으로 약 3,000㎞에 이르는 천연가스 파이프라인을 뜻한다.

시베리아 이르쿠츠크의 '코빅타'와 야쿠티야 공화국의 '차얀다' 가스전에서 생산되는 천연가스를 러시아 극동과 지나 동북 지역까지 보내는 데 사용될 예정이다.

1단계는 차얀다 가스전에서 지나와 접경한 아무르주(州)의 주도 블라고베셴스크에 이르는 약 2,200㎞ 구간이다.

이후 2단계로 코빅타 가스전에서 차얀다 가스전에 이르는 800㎞ 공정이 이어질 것이다.

이게 완공되면 지나는 연간 380억㎥씩 30년간 공급받기로 했다. 무려 1조 1,400억㎥이니 러시아는 어마어마한 금액을 대금으로 받게 될 예정이었다.

이 프로젝트는 약 10년에 걸친 긴 협상 끝에 2014년 5월 러시아 국영 가스프롬과 지나석유천연가스집단(CNPC)간에 타결되었고, 2019년 12월에 완공 예정이다.

이를 완성시키기 위해 러시아는 상당한 자본과 인력, 그리고 시간을 투자했고, 2016년 11월 현재 상당 구간의 공사가 이루어져 있다.

그런데 지나가 지리멸렬해 버렸다.

지도부가 사라졌다면 다른 지도자가 나서서 다시 기틀을 잡으면 되지만 지나는 현재 7억 이상의 인구가 감소되었다.

전체 인구의 절반 정도가 사라진 것이다.

대홍수와 약 10만 개에 이르는 저수지 및 댐 붕괴로 익사하거나 산사태 등에 매몰되어 죽은 인원만 6억 명이 넘는다.

이후 페스트, 이질, 콜레라 등 온갖 전염병이 창궐하여 상당한 인원이 지구를 떠났다.

그러는 동안 장강 이북은 거대한 수렁으로 변모했다.

북경의 자금성은 물론이고 우주에서도 보인다던 만리장성까지 흔적 없이 사라졌다. 약해진 지반으로 스며든 물이 만들어낸 토양액상화(土壤液狀化) 현상 때문이다.

이 현상은 장강 이북 전 지역에 발생되었으며, 그 결과 거의 모든 건축물이 깊디깊은 수렁 속으로 빠져들었다.

중원오악 중 하나인 태산의 최고봉은 그 높이가 1,532m였는데 현재는 봉우리 자체가 사라졌다.

끊임없이 쏟아지던 폭우로 인해 지반이 물렁해지면서 거대한 산사태가 연달아 일어나 계곡을 메워 버린 결과이다.

수많은 관광객을 불러들였던 남천문(南天門)과 7,412개의 돌계단 역시 찾아볼 수 없게 되었다.

태산이 있던 곳은 현재 약 200m 높이의 야트막하고 밋밋한 언덕만 남아 있다.

이런 사태는 태산에서만 일어난 것이 아니다.

무협소설에 자주 등장하던 숭산, 무당산, 화산, 태행산, 황산, 무이산 등도 모조리 뭉개져 평지가 되어버렸다.

산동성, 산서성, 하북성, 하남성, 호북성, 흑룡강성, 길림성,

요녕성, 감숙성, 청해성, 사천성, 섬서성, 강소성, 안휘성 전역도 마찬가지이다.

이곳들은 현재 거대한 수렁이 된 상태이다.

몸무게가 가벼운 어린이라 할지라도 발을 들여놓는 즉시 머리끝까지 빠져들 정도로 깊고, 묽다.

사방천지가 깊이 10~30m인 수렁이라 웬만한 건축물들은 몽땅 빠져들었다.

깊은 곳은 100m 이상인 곳도 널려 있다. 장강 이북지역 거의 전체가 흙탕 죽이 된 것이다.

하여 살아서 움직이는 동물을 찾아보기 힘들다.

물난리를 피해 남쪽으로 도주했던 공산당원 중 상당수는 굶주린 인민들의 배를 채워주는 고기가 되어버렸다.

습근평을 비롯한 수뇌부들의 행방은 완전히 묘연하다.

어딘가에 처박혀 호의호식하고 있을 것이란 소문이 번지자 그들에 대한 적개심이 하늘 끝까지 솟아 있다.

다시 나타난다 해도 이전과 같은 위치는 절대로 될 수 없다. 그들을 지켜줄 정부조직이 지리멸렬해졌고, 군대와 공안까지 완전히 해산되어 무법천지가 된 때문이다.

살인, 방화, 약탈, 강간 등 강력범죄가 수없이 일어나고 있지만 이를 제지할 아무런 움직임도 없다.

외부와 소통할 창구가 없으니 지나는 현재 외부로부터 아무런 원조도 받지 못하고 있다.

인도적 차원에서 지나를 도와야 한다는 목소리가 없는 건 아니지만 그에 호응하는 국가나 단체는 전혀 없다.

남의 저작권을 무시했고, 다른 국가의 기술들을 몰래 빼돌렸으며, 지구환경을 엉망으로 만들면서 욕심만 부렸으니 도와줄 마음이 동하지 않은 것이다.

그러는 가운데 그냥 멸망하도록 놔둬야 한다는 의견이 더 큰 목소리를 내고 있다.

주로 일대일로(一帶一路)와 관련된 국가들이 그러하다. 지나가 사라지면 채무 또한 갚을 필요가 없는 때문이다.

지나와 지나 한족들이 벌여왔던 무지막지하고 무분별한 환경 훼손과 온갖 패악에 대한 확실한 반응이다.

이러니 러시아에서 공급하기로 했던 천연가스 사업은 완전히 물 건너간 상황이다.

파이프라인이 완공된다 하더라도 쓸 사람이 없다. 러시아 입장에선 다 된 밥에 코를 빠트리는 일이 빚어진 것이다.

"근심이 크시겠습니다."

"흐음! 걱정이 되긴 하지."

"그 걱정 제가 덜어드릴 수 있을 거 같습니다."

"어? 그게 정말인가?"

푸틴의 눈이 대번에 커진다.

대수롭지 않은 듯 말했지만 내심은 지나에서 일어난 천재지변 때문에 몹시 답답하던 차이다.

차라리 지나 수뇌부에서 변신한 것이라면 쥐어박으면 된다. '법은 멀고, 주먹은 가깝다' 는 말이 있지 않던가!

그리고 그럴 만한 충분한 힘과 실력이 있다.

그런데 인력으론 어쩔 수 없는 천재지변에 이어 차마 눈 뜨고 볼 수 없을 참상이 이어지는 중이다.

몬도가네(Mondo Cane)[2] 상황인 것이다.

현 상황은 주먹이 아무리 강해도 해결될 수 없다. 하여 남들 눈이 없을 때면 땅이 꺼질 듯한 한숨을 내쉬곤 했다.

그런데 한 줄기 빛살 같은 제안을 들었다. 세계 최고의 부자가 러시아의 차르에게 한 말이다.

매우 친한 사이기는 하지만 농담할 자리는 아니다.

"무슨 묘수라도 있나?"

"시베리아의 힘 때문에 걱정이 많으실 텐데 그 공사 예정대로 진행하시라고 권해 드립니다."

"……! 그, 그러면……?"

"조만간 북한에 들어갈 생각입니다."

"북한엘……? 자네가……?"

너무나 가난하여 인민들이 배를 곯는 나라 중 하나이다.

시베리아의 힘을 통해 천연가스를 공급받는다 하더라도 그 비용을 지불할 능력이 없다.

---

2) 2) 몬도가네 : 혐오성 식품을 먹는 등 비정상적인 기이한 식습관을 일컫는 말. 세계 각지의 엽기적 풍습을 소재로 한 이탈리아 영화 Mondo Cane(개 같은 세상)에서 나온 어휘

미국으로부터 러시아보다 훨씬 더 강력한 무역 및 금융제재를 당하는 중이기 때문이다.

그러니 뒷말을 어서 이으라는 표정으로 빤히 바라본다.

"현재 압록강과 두만강 이북의 흑룡강성, 길림성, 그리고 요녕성 전체가 무인지경이 된 것으로 알고 있습니다."

"그래, 그렇지."

푸틴은 고개를 크게 끄덕였다.

요즘은 매일 지나 전역에 쏟아진 폭우에 관한 보고서를 받고 있다. 흑룡강성과 국경을 마주하고 있는 블라디보스토크와 우수리스크, 그리고 하바롭스크 등지에도 막대한 피해가 발생할 수 있기 때문이다.

이를 확인하기 위해 첩보위성까지 동원하여 해상도 높은 사진과 영상을 찍는다. 지나와 국경을 맞대고 있는 지역의 상황을 보다 면밀히 살피기 위함이다.

Chapter 02

—

거기도 먹을 겁니다

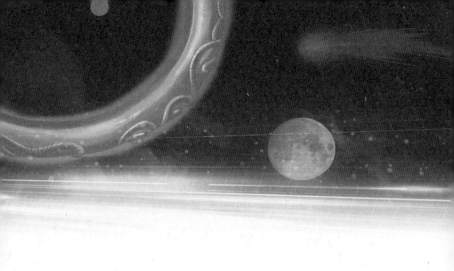

　확인 결과 동북삼성은 작살이 났지만 러시아의 피해는 경미하다. 흑룡강성은 산이 무너져 협곡이 메워질 정도였지만 러시아 영토는 너무나 멀쩡하다.

　그럴 수 있었던 것엔 몇 가지 이유가 있다.

　우선 러시아 영토엔 거의 비가 오지 않았다. 마치 하늘에 선이라도 그어놓은 듯 저쪽은 일 년 치 강수량이 매일매일 쏟아졌지만 하바롭스크 등은 맑고 청명하기까지 했다.

　흑룡강성 동쪽 국경지대엔 태평령(太平嶺) 등 고산지대가 자리하고 있다. 하여 산자락을 타고 동쪽으로 빗물이 흘러내리기 시작하였다.

이에 러시아 정부는 대대적인 수로정비에 나섰다. 물길이 블라디보스토크 등지를 덮치지 못하게 하기 위함이다.

다소 늦게 대처한 감이 없지 않기에 피해가 전혀 없지는 않았지만 지나에 비하면 지극히 경미하다.

푸틴은 이를 다행으로 여기고 있다. 손 놓고 있었다면 지나와 같이 궤멸적 타격을 받았을 것이기 때문이다.

아무튼 끝없는 폭우로 인해 동북삼성 전역이 거대한 수렁으로 변모되었다. 이를 모르고 정찰에 나섰던 러시아군 중대 병력 전체가 실종되었다.

마지막 교신으로 남긴 말은 다음과 같다.

"본부! 본부! 여기는……. 으악! 여긴, 어푸어푸! 수렁, 으으억! 꼬르륵……!"

러시아 정부는 이 교신을 분석한 후 어느 누구도 국경을 넘어가지 못하게 하라는 엄명을 내린 바 있다.

그러곤 이 내용이 언론에 보도되도록 하였다. 괜한 호기심 때문에 죽을 수 있음을 환기시킨 것이다.

러시아 군사위성은 북한 쪽도 촬영하였다.

엄청난 강수량으로 인해 두만강과 압록강의 수위가 홍수 직전까지 상승했었다. 다행히도 큰일은 벌어지지 않았고 서서히 잦아드는 중이다.

압록강을 사이에 두고 신의주와 마주보고 있는 단동과 두만강 건너편 혼춘 등은 되돌릴 수 없을 피해를 입고 인적이

끊긴 상태이다. 이를 확인하고자 북한에서도 정찰조를 파견했는데 그들 역시 실종된 상태이다.

수렁 속에 빠져들었으니 다시는 돌아오지 못할 것이다.

지나라는 나라 자체가 파멸했다는 것은 이미 널리 알려진 사실이다. 인터넷에 동북삼성을 비롯한 장강 수변 및 장강 이북 지역의 위성사진이 공개되어 있기 때문이다.

이곳은 인간의 흔적이 사라졌다. 남은 건 흙탕물뿐이다.

삼협댐이 붕괴하기 직전 국제적십자회에서는 인도적 손길을 내밀었다. 의약품과 의료진, 그리고 식량을 실은 구호선 두 척을 파견한 것이다.

이 배들은 장강 하류인 상해에 도착한 후 지나 쪽 관계자의 접촉을 기다렸다. 그런데 꼬박 하루를 기다렸지만 아무런 반응이 없었다.

정부 조직 자체가 붕괴되었기 때문이다.

기다리다 못한 승무원 일부가 하선했는데 그들은 돌아오지 못했다. 굶주린 군중들에 의해 잡아먹힌 것이다.

그날 밤, 두 척의 구호선 모두 지나인들에 의해 습격당했다. 승무원과 의료진을 죽였고, 식량과 의약품을 약탈했다.

선원들이 무기고를 열어 적극 대응해 봤지만 습격한 자들이 너무 많았다. 총알보다 사람이 더 많았으니 가히 인해전술이라 할 수 있었다.

파육음과 비명이 난무하고, 선혈이 튀는 살육제가 벌어지는 동안 여성들은 무참하게 유린당했다.

도움의 손길은 당연히 없었다. 그렇게 모든 승무원들이 세상을 뜰 즈음 노도와 같은 물결이 구호선들을 덮쳤다.

삼협댐 붕괴로 말미암은 대홍수가 들이닥친 것이다.

그 결과 구호선 두 척 모두 침몰되면서 의약품과 구호품 그리고 약탈하던 놈들까지 모조리 수장되었다.

생존자는 단 하나도 없다.

일련의 상황은 위성으로 생중계되었다. 그날 이후 전 세계어느 곳에서도 지나를 돕자는 말이 나오지 않는다.

은혜를 원수로 갚는 현장을 보았으니 당연한 일이다.

간신히 보트를 타고 탈출에 성공한 배들이 있지만 상륙 허가를 받지 못해 바다 위를 떠도는 중이다.

이들은 배 위에서 생을 마치게 될 것이다.

지나인들이라면 다들 치를 떨기에 어느 나라에서도 받아들이지 않기 때문이다.

다행인 것은 가장 가깝다 할 수 있는 대한민국으론 보트 피플들이 몰려들지 않았다는 것이다.

홍수보다 에이프릴 증후군이 더 무서웠던 모양이다.

어쨌거나 푸틴은 동북삼성을 언급한 것에 대한 나머지 이야기를 듣기 원하는 표정이다.

"그 가스, 북한과 남한에서 사용하도록 하죠."

"남 · 북한에서? 어떻게……?"

"오늘 현재 대한민국 상장사들의 외국인 지분율이 얼마나 되시는지 혹시 아십니까?"

"알고 있네. 거의 모두 외국인 소유가 되었더군."

"그럼 그 외국인들이 누군지는 아시는지요?"

"글쎄…? 그것까지는 모르지. 아주 잘게 잘 분산되었다는 보고는 있었네. 혹시 아시는가?"

알면 가르쳐 달라는 표정이다.

"거의 모든 상장사의 주식이 예외 없이 약 2,000명의 개인 또는 법인 소유로 분산된 거 맞습니다."

기관이나 연 · 기금 등이 보유하고 있던 것을 블록 딜 (Block Deal) 형식으로 매입한 경우를 제외하면 지분율이 0.05% 정도로 고르게 나뉘었다는 뜻이다.

"그걸 자네가 어떻게? 아! 혹시 Y—인베스트먼트가…?"

자신의 추측이 맞느냐는 표정이다. 이에 현수는 고개를 끄덕여 주었다.

"맞습니다. 코스피와 코스닥에 상장되어 있는 회사 거의 전부 우리 Y—그룹 소유가 되었습니다."

"헐……!"

에이프릴 중후군 때문에 주가가 폭락했다고는 하지만 한국의 상장사 전부의 가치는 어마어마하다.

그런데 삼성, SK, 현대, LG, 포스코, GS, 한화 등을 전부 장악한 것처럼 이야기하니 어찌 놀라지 않겠는가!

"인터넷으로 확인해 보시면 아시겠지만 한계기업을 제외한 나머지 상장사 전부의 지분 90% 이상을 확보했습니다."

한국은 자본주의 국가이다. 따라서 모든 경제활동을 쥐락 펴락할 힘을 가졌다는 뜻이다.

이는 무엇을 원하든 뜻대로 됨을 의미한다.

상장사들은 빠른 속도로 부채 규모를 줄이고 있다. 사내 유보금과 부동산 매각으로 확보한 자금이 동원되었다.

그와 동시에 대규모 유상증자가 실시되고 있다.

그 결과 Y-인베스트먼트의 지분율이 오른 반면 주식을 매각하지 않던 주주들의 비중은 하락하였다.

이렇게 하여 주식의 95% 이상이 확보되면 그 즉시 자진 상장폐지 절차를 밟고 있다.

우려 섞인 시선으로 보는 이들도 많지만 한국은 에이프릴 증후군으로 인한 줄초상을 치르는 중이다.

너무 많이 죽어서 수의(壽衣)와 관(棺)이 부족할 지경이다.

그런데 사망원인이 에이프릴 증후군으로 기재되면 어떠한 경우라도 매장이 불허된다.

인류가 파악하지 못한 바이러스에 인한 것일 수도 있으므로 후세를 위해 반드시 화장(火葬)하도록 한 것이다.

그런데 화장시설이 너무나 부족하다.

하여 곳곳에 임시 화장장이 설치되었고, 24시간 내내 가동되고 있다. 그럼에도 밀려드는 시신을 감당할 수 없어 상당히

긴 시간을 대기해야 한다.

오죽하면 먼저 화장해달라고 뒷돈을 내밀 정도이다.

통계청 자료에 의하면 대한민국의 2015년 사망자수는 총 27만 5,895명이었다. 그리고 원래의 역사대로라면 2016년의 사망자 수는 28만 827명이어야 한다.

그런데 2016년 11월 현재 255만 4,475명이 사망했다.

이 추세대로라면 2016년 사망자수는 278만 6,700명 정도가 될 것이다. 2015년에 비하면 10배 이상이다. 이러니 화장시설이 크게 부족한 것이다.

아무튼 사망 진단서에 기재되는 사망 원인은 압도적으로 에이프릴증후군이 많다.

사망자는 예년과 달리 전 · 현직 공무원, 군인, 법조인, 정치인, 언론인, 교수, 기업인 등이 대부분이다.

이들의 공통점은 스스로를 사회지도층 인사라 생각하던 연놈들이다. 공무원의 경우는 5급 사무관급 이상이 8할 가량이다. 6~7급도 많고, 9급이나 8급이 아주 없는 것은 아니다.

법조인은 전 · 현직 판사와 검사가 압도적으로 많다.

부실하거나 부정한 판결을 내렸던 정치 판사들은 예외 없이 전원 사망이다.

사건을 조작하거나 은폐했던 검사들도 마찬가지이다.

변호사라 하여 멀쩡한 것은 아니다. 불의와 타협했던 전력이 있거나 그런 상황이라면 예외 없이 철퇴가 떨어졌다.

그리하여 법조계 인사 중 6할 이상이 사망했다.

정계(政界) 인사는 이보다 훨씬 많이 저승행 특급열차에 승선되었다.

국해의원(國害議員)은 전 · 현직을 망라하여 75% 이상이 뒈졌다. 특히 5.16 군사쿠데타와 12.12 그리고 군부독재 세력과 연루되어 있다면 모조리 화장터로 실려 갔다.

썩어 문드러진 보수뿐만 아니라 진보 쪽에서도 사망자가 속출했다. 되도 않는 개소리나 지껄이던 것들이다.

하여 여의도에 소재한 국회의사당은 멀쩡하지만 그 안을 채우던 국해의원들이 없어서 매우 한산하다.

현직 의원 중 200명 가량이 병풍 뒤에서 향내를 맡고 있기 때문이다. 졸지에 3분의 2 정도가 정리된 것이다.

딱 1명을 제외하고 몽땅 뒈져 버린 정당도 있다.

기레기들을 품고 있던 언론계는 92% 가량 감소되었다. 기자뿐만 아니라 직원들까지 포함한 수치이다.

아전인수, 견강부회, 곡학아세를 일삼던 국내 모 언론사는 사주(社主)를 기준으로 6촌 이내의 직계 및 방계까지 모조리 사망자 명단에 이름을 올렸다.

그리고 그 밑에서 똥구멍이나 빨아 젖히던 편집국장을 비롯한 갓 입사한 신입기자까지 모조리 뒈졌다.

이들의 공통점은 죽을 때까지 극심한 통증을 호소했다는 것이고, 남긴 재산이 거의 없거나, 빚만 남겼다는 것이다.

진통제가 효과 없었던 때문이고, 막대한 의료비 지출에 앞서 축적해뒀던 금융 재산들이 증발한 결과이다.

에이프릴 증후군이라는 명칭이 생겨난 이후 질병관리본부는 일관해서 전염 위험성이 있으니 가급적 병문안 및 조문을 자제해달라는 발표를 했다.

아울러 각종 모임과 집회 역시 당분간은 보류해 달라는 요청을 한 바 있다.

이에 앞서 모든 스포츠 경기를 중단시켰고, 군사훈련 또한 무기한 연기 또는 취소되었다.

병원에선 문병객 출입을 강력히 제한했고, 장례식장은 조문객의 발길이 없어 썰렁 그 자체가 되었다.

건강보험이 적용되지 않기에 병원비는 엄청났고, 장례식장은 서로 쓰겠다고 난리 치는 동안 크게 인상되었다.

하여 병원비 및 장례비가 큰 부담이 되었다.

이를 감당하기 위해 거의 모든 패물까지 처분해야 했다. 이렇게 나온 금붙이가 상당히 많았다.

1997년 외환위기 사태가 닥치자 대한민국에서는 범국민적인 운동이 일어났다.

국난 극복을 위한 금 모으기 운동이 바로 그것이다.

국내에 있는 금을 국민들이 모아 시중에서 구입한 다음 수출하여 달러로 바꾸고, 그 돈으로 외환 보유고를 늘린다는 취지에서 일어난 일이다.

당시 전국적으로 351만여 명이 참여하였고, 약 227톤의 금이 모였다.

참고로, 이때의 정부 금 보유량은 약 10톤이었다.

신혼부부는 결혼반지를, 젊은 부부는 아이의 돌 반지를, 노부부는 자식들이 사준 효도 반지를 내놓았다.

운동선수들은 평생 자랑거리이며 땀의 결정체인 금메달을 내놓았고, 고(故) 김수환 추기경은 추기경 취임 때 받은 십자가를 쾌척했다.

그런데 부자들이 소유하고 있을 것으로 추정되는 금괴의 양은 상대적으로 적었다.

나라가 망할 위기에 처해 있었음에도 부자들은 이를 외면했던 것이다.

어쨌거나 에이프릴 증후군 발생 이후 처분된 금의 양은 685톤 정도 된다.

IMF 금 모으기 운동 때보다 3배 이상 많다.

2016년 8~10월의 국제 및 국내 금 시세는 상당히 좋았다. 하지만 부자들이 내놓은 금은 헐값에 처분되었다.

갑작스레 매물이 크게 늘어난 결과이기도 하지만 이를 매입해줄 곳이 없었던 때문이기도 하다.

아울러 내 · 외국인의 입출국은 물론이고, 수입과 수출마저 완전히 끊긴 시절이라 극심한 경기 침체기였다.

지나고 나서 보니 망한 기업은 그리 많지 않다. 하지만 국내 상황은 여전히 IMF를 능가할 정도로 불안하다.

상당히 많은 사람들이 직장을 잃었기 때문이다.

친일파의 후손, 부정부패한 자 또는 그의 자손, 낙하산 입사, 인간성 결여된 자들이 대거 쫓겨난 결과이다.

게다가 은행연합회에선 개인과 기업 모두에게 더 이상 부동산 담보대출을 하지 않을 것이며, 대출기한 연장도 없을 것이라는 발표를 했다.

앞으로 집이나 건물 등 부동산을 사려면 100% 현금으로 지불해야 한다는 뜻이다. 그렇게 하면 안 된다고 아우성쳤지만 은행도 살아남아야 한다는 말로 일축했다.

*　　　　*　　　　*

그 결과 시중의 돈이 씨가 말랐다. 은행권으로 빨려들고 있었던 것이다. 이러니 돈이 있어도 금을 살 시기가 아니었다.

이런 와중에 에이프릴 증후군에 걸린 환자들에게 입원비 청구서가 날아들었다.

기일 내에 납입되지 않으면 즉시 병상을 반납해야 하기에 눈물을 머금고 보유하던 금붙이를 헐값에 매각했던 것이다.

이렇게 팔린 685톤가량의 금은 Y—인베스트먼트가 모처에 마련한 창고 안에 보관되어 있다.

이걸로도 모자라 보유하고 있던 부동산까지 처분해야 했는데 20년쯤 전 가격으로 급락한 상황이었다.

그 결과 유족들은 졸지에 중산층 이하로 주저앉았다.

이들은 아무리 똑똑해도 사회 주류에 편입되지 못할 것이다. 지극히 냉정하고 논리적인 도로시가 존재하기 때문이다.

도로시는 현수의 성향을 누구보다도 잘 파악하고 있다.

하여 훗날 물의를 일으킬 인사들에 대한 명단을 만들어두었다. 특정 종교 관계자 소거(消去) 작업이 마쳐지는 곧바로 그들 차례가 될 것이다.

푸틴의 시선을 받은 현수는 가볍게 고개를 끄덕이고는 말을 이었다.

"저는 욕심이 많습니다. 하여 무주공산이 된 동북삼성과 내몽골 자치구도 가질 생각입니다."

북한을 중심으로 남쪽과 북쪽을 모두 장악하겠다는 뜻이다.

인구가 1억 이상이던 땅이지만 현재는 아무것도 없다.

영토 욕심이 많은 쪽발이들은 탐나기야 하겠지만 선뜻 나서지 못할 것이다. 연고를 주장하기 어렵기 때문이다.

러시아는 나설 이유가 없다.

영토가 더 필요한 것도 아니고 온통 수렁이라 농사를 지을 수도 없으니 굳이 돈을 들일 필요가 없는 때문이다.

"근데 북한이 가만히 있을까?"

"거긴 기업으로 치면 재무구조가 너무 부실한 한계기업이죠. 동북삼성을 거저 준다고 해도 못 받을 겁니다."

"그래, 그건 그렇겠지."

북한의 상황을 잘 알기에 고개를 끄덕인다.

"무역 제재 등으로 고사시킬 수도 있지만 그러면 최후의 발악이 있을 수 있으니 거기도 접수할 계획입니다."

개인이 국가를 소유하겠다는 뜻이다.

"에? 북한도…? 정말?"

푸틴은 약간 놀란 표정이었지만 이내 고개를 끄덕인다.

러시아와 벨라루스, 그리고 우크라이나에서 제공하는 조차지 면적만 20만 7,350㎢이고, 동북삼성은 약 79만㎢이다.

내몽골자치구는 이 둘을 합친 것보다 넓은 118만 3,000㎢에 이른다.

이에 비해 북한은 겨우 12만 2,962㎢에 불과하다. 집어삼키지 못할 이유가 없는 것이다.

"그러니 대통령님께서 도와주시면 천연가스 시장은 크게 걱정 안 하셔도 되지 않겠습니까?"

원할 때 북한에 적절한 압력을 가해달라는 뜻이다.

"흐음……!"

푸틴은 턱을 괸 채 상념에 잠겼다.

아무짝에도 쓸모가 없어진 황폐한 땅을 갖겠다는 하인스 킴의 의도를 생각해 보는 것이다. 분명 뭔가 노림수가 있을 것이다. 그런데 도통 짐작이 되지 않는다.

푸틴은 이내 고개를 흔들어 상념을 떨친다. 현수가 반대급부를 제시한 때문이다.

"그나저나 세계의 공장이라 불리던 지나가 사라졌는데 아무것도 안 하실 겁니까?"

"엥……?"

대체 무슨 소리냐는 표정이다.

"저는 그 역할을 러시아가 맡는 건 어떨까 생각합니다."

"우리 러시아가……?"

"네! 자원 풍부하고, 뛰어난 기술력까지 갖추고 있죠. 그리고 유럽과 아시아 모두를 아우르는 육로도 있구요."

"하긴……!"

생각해 보니 현수의 말이 맞다. 푸틴은 고개를 끄덕인다.

"이처럼 능력이 있는데 안 할 이유 있습니까?"

"없지."

"Made in China는 저품질의 대명사였지만 Made in Russia는 다르면 됩니다."

"그럼! 우린 그따위 싸구려 쓰레기는 안 만들지."

푸틴은 크게 고개를 끄덕인다. '마데 인 지나'의 결과물은 자원을 낭비하는 것이라 생각하는 때문이다.

"러시아는 중공업에 비해 경공업 분야가 많이 취약합니다. 지금은 이를 비약적으로 발전시킬 호기입니다."

"그래, 그건 그렇지."

푸틴의 고개는 더 힘차게 끄덕여지고 있다.

경공업은 중공업에 비해 많은 인력이 필요하다. 따라서 적절히 투자하면 실업률이 하락하고, 경기는 활성화된다.

"저는 블라디보스토크 일대를 강력 추천합니다."

동북삼성 개발하려면 많은 물품이 필요하다.

직접 생산해도 되지만 현재는 아무것도 없는 땅이다. 따라서 초반엔 외부조달이 반드시 필요하다.

이를 강조한 것이다.

그리고 블라디보스토크에서 생산된 경공업 제품들은 시베리아 횡단열차를 타고 모스크바 등지에 공급될 수 있다.

철로만 연결되면 부산 등을 통한 해외 수출도 가능하다.

그뿐만 아니라 동해 바닷길도 활짝 열릴 수 있다.

풍랑이 아주 없는 것은 아니나 태평양에 비하면 괜찮은 항해가 될 것이다.

러시아 입장에선 경제구조 자체가 개편될 절호의 기회이다. 그렇지 않아도 동서간 빈부격차가 커서 고민이었다.

국가 균형발전이 이루어지지 않으면 볼멘소리가 터져 나올 수 있는 때문이다.

그런데 극동에 대규모 경공업 단지가 조성되면 한숨 돌릴 수 있다. 그러니 어찌 이를 거절하겠는가!

"좋네. 긍정적으로 검토해보겠네."

현수와 푸틴의 대화를 들은 메드베데프도 고개를 끄덕인다. 실업률은 크게 낮추고, 경제는 활성화될 일이니 당연하다.

문제는 돈이다. 현재의 러시아는 경공업 전 분야를 키울 만한 자본이 없다.

"근데 말이네."

푸틴의 음성이 은근해진다. 눈치 빠른 현수가 어찌 이를 모르겠는가!

대통령의 귀에 손을 내고 나직이 속삭인다.

"Y-인베스트먼트에 투자하시죠."

"으잉……? 정, 정말인가?"

현수는 세계 최고의 부자인 동시에 투자자이다. 약 1조 달러에 이르는 재산은 종자돈 1,000만 달러로 시작되었다.

채 1년도 안 되는 사이에 수익률 10만 배를 달성했다.

백분율로 따지면 10,000,000%이다. 기네스북에 오르고도 남을 인류 역사상 최고의 기록일 것이다.

보도되었다시피 하인스 킴은 바하마에 근거를 둔 Y-인베스트먼트의 대표이다.

누가 투자했는지, 얼마를 자금으로 시작했는지 알 수는 없지만 벌써 대한민국의 모든 상장사를 소유하고 있다.

발을 들여놓을 수만 있으면 더없이 좋겠지만 그럴 루트가 없어 군침만 흘리던 차이다.

"내년도 국제경기가 어떨지 모르겠지만 10배 정도는 충분히 불릴 수 있을 것 같습니다."

장담하는 말이니 매우 보수적인 수치일 것이다.

"……!"

1억 달러를 투자하면 10억 달러, 10억 달러를 투자하면 100억 달러가 된다는 뜻이다.

무리해서 1,000억 달러쯤 집어넣으면 1조 달러가 된다는 뜻이니 대번에 눈이 커진다.

"너무 큰 금액을 넣지는 마십시오."

"어, 얼마면 괜찮겠는가?"

"흐음! 일단 500억 달러만 넣으시죠."

"그렇게나?"

러시아 대통령이지만 결코 적지 않은 금액이다.

"여의치 않으시면 줄이셔도 됩니다."

"아, 아니! 그건 아니네."

일 년만 묵히면 단숨에 5,000억 달러로 뺑튀기가 된다. 2016년 러시아 국가 예산인 9,450억 달러의 절반 정도이다.

이 정도면 경공업 분야를 대대적으로 육성하고도 남는다.

"자, 잠시만 기다려 주시게."

"그러죠."

푸틴의 음성은 과도한 흥분 때문인지 떨리고 있었다.

"막심!"

"네! 각하."

한 테이블 건너에 있던 막심 오레슈킨 재정부 차관이 발딱 일어나 다가온다.

다음 달이면 경제개발부 장관이 될 젊은 인재이다.

"귀 좀······!"

"··· 네, 각하!"

둘은 귓속말로 대화를 나눴다. 식욕과 흥을 돋우기 위한 음악과 식사하는 소리 등으로 다소 시끄럽기도 했지만 드러내 놓고 할 이야기가 아닌 때문이다.

푸틴은 내년도 국가재정 중 최대한 뺀다면 얼마나 뺄 수 있는지 물었다. 긴축재정을 요구한 것이다.

막심은 왜 그러느냐는 멍청한 질문은 하지 않았다. 대신 짧게 생각하고 입을 열었다.

"각하! 예산 책정이 너무 빠듯해서 최대한 뽑아봐야 400억 달러 정도일 겁니다."

전체 예산의 4% 정도 되는 금액이다.

"알겠네. 자넨 자리로 돌아가 있게."

"넵!"

막심을 이 자리에 불러 준 것만으로도 황송하다는 표정을 짓고는 물러간다.

"총리!"

"네! 말씀하십시오."

"귀 좀······!"

이번엔 메드베데프와 귓속말 대화를 나눈다.

푸틴이 90억 달러, 메드베데프가 10억 달러를 출연하는 것으로 정리되었다. 이는 개인 재산을 내놓는 것이 아니라 본인들이 모집할 수 있는 금액이다.

2016년의 푸틴 연봉은 약 1억 8,000만 원이고, 메드베데프는 이보다 적은 1억 7,500만 원 정도이다.

따로 뒷주머니를 차지 않았다면 각각 10조 5,817억 원과 1조 7,575억 원이 있을 수 없다. 그렇다면 즉각 국민과 야당에 의한 탄핵이 거론될 것이다.

그러니 실제 본인의 돈이라도 아닌 척해야 하는 것이다.

"말씀 다 나누셨습니까?"

현수의 시선을 받은 푸틴의 고개가 크게 끄덕여진다.

"그렇게 하겠네. 잘 부탁하네."

"네."

현수는 별일 아니라는 듯 대꾸했다.

실제로 500억 달러를 5,000억 달러로 불리는 건 그리 어려운 일이 아니다. 도로시에게 말만 하면 알아서 불리고, 배 보다 배꼽이 큰 수수료까지 챙길 것이다.

도로시가 작정을 하면 특정 국가를 금융위기로 몰아넣고 막대한 이득을 취할 수도 있다.

그럴 경우 10배가 아니라 100배나 1,000배도 가능하다. 하여 별일 아니라는 표정인 것이다.

"그나저나 저번에 말했던 것은 어찌 되었나?"

언뜻 무엇을 뜻하나 싶었지만 푸틴의 은근한 표정을 보는 순간 뇌리를 스치는 상념이 있었다.

"저번에요…? 아! 바이롯 말씀하시는 거죠?"

"바이…롯? 그래, 그렇게 들었던 것 같군."

"당연히 두 분을 위해 준비했죠. 이따 드리겠습니다."

신일호의 아공간에 담긴 것은 천연 바이롯이 아니다. 만능 제작기를 이용하여 합성한 물질이다.

천연에 비하면 약간 손색이 있지만 효능 자체는 같다.

외부 자극에 의해 내용물이 변질되지 않게 만든 특수 용기에 담긴 이것을 하루에 50㎖씩 보름간 복용하면 6개월간 침실의 황제로 군림하게 된다.

이럴 경우 남성 대부분은 기력 저하를 경험하게 된다. 자신감이 붙어 너무 과하게 하기 때문이다.

하여 적절한 조치가 없으면 해골처럼 바싹 쪼그라들거나 면역력 저하로 인한 질병에 걸리기 쉽게 된다.

확실히 과유불급(過猶不及)이다.

이런 부작용을 없애기 위해 합성된 회복 포션이 1 : 1의 비율로 섞여 있다.

천연 바이롯에도 회복 포션이 들어 있는데 합성에 비해 2배긴 1년간 효과가 지속된다.

"오! 그런가?"

푸틴과 메드베데프의 눈빛이 반짝이기 시작한다.

나이가 들면서 젊을 때와 현저히 달라지고 있음을 뼈저리게 느끼고 있는 때문이다.

기대하던 것이 왔다는 말이 반가웠는지 이후의 대화는 너무도 부드럽게 진행되었다.

그중엔 이실리프 왕국 선포에 관한 것도 있었는데 아주 쉽게 납득해 주었다.

이실리프 왕국은 세 곳에 영토를 가진다.

콩고민주공화국에서 제공한 조차지가 제 1영토이다.

제 2영토는 슬라브 3국이 제공한 조차지이다.

마지막으로 제 3영토는 동북삼성과 내몽골자치구, 그리고 북한을 아우르는 것이다.

각각 수천 ㎞나 떨어져 있지만 이상한 일이 아니다.

러시아에도 외로이 떨어져 있는 영토가 있다. 칼리닌그라드(Kaliningrad)주가 바로 그것이다.

이곳은 프리셰스 석호[3] 바로 위쪽을 흐르는 프레골랴강을 끼고 있는 곳으로 프로이센 공작령의 중심지였다가 동프로이센의 수도였던 곳이다.

1945년 포츠담 회담 결과에 따라 소련에 양도되었고, 현재는 러시아 영토이다.

---

3) 석호(潟湖) : 사취(砂嘴) 또는 사주(砂洲)의 발달로 해안의 만이 바다로부터 떨어져서 생긴 호소(湖沼)

러시아 서쪽에 있는 영토로 남쪽은 폴란드, 북쪽은 리투아니아, 서쪽은 발트해와 맞닿아 있다.

러시아와의 사이에 벨라루스가 있으니 본토와 확실하게 동떨어져 있다. 거리로 따지면 최소 500㎞ 이상 이격되어 있다.

영국이 아르헨티나와 전쟁을 하여 영유권을 확보한 포클랜드 섬은 잉글랜드로부터 약 1만 3,000㎞나 떨어져 있다.

따라서 이실리프 왕국의 영토 역시 여기저기에 널려 있을 수 있다.

"그냥 1왕국, 2왕국, 3왕국으로 하는 건 어떤가? 너무 멀리 떨어져 있으니 말할 때마다 헷갈릴 수 있으니."

"그건 그렇네요. 생각해 보겠습니다."

"그래, 그러게."

훗날 이 영토들은 각기 다른 명칭으로 불리게 된다.

콩고민주공화국 자치령은 아르센 왕국, 유럽 영토는 마인트 왕국, 그리고 내몽골은 콰트로 왕국이라 불린다.

그리고 현재의 북한 및 동북삼성은 이실리프 왕국이 된다.

셋이 대화하는 동안 밀라와 올리비아는 경외의 눈빛으로 현수를 바라보고 있었다.

러시아어를 모국어 수준으로 구사해서가 아니다.

너무도 능수능란하게 푸틴과 메드베데프를 어르고 뺨치고 있었기 때문이다.

대화를 주도했을 뿐만 아니라 적절한 순간에 화제를 바꿔

가면서 본인이 원하는 바를 하나하나 얻어낸다.

그러는 내내 푸틴과 메드베데프의 얼굴에는 미소가 어려 있었고, 지극히 우호적인 눈빛이다.

조금의 불쾌감이나 머뭇거림도 없었던 것이다.

셋은 아주 오래된 친구처럼 하하호호 하면서 음식을 먹었고, 축배를 들었으며 대화를 나눴다.

누가 있어 푸틴과 이런 자리를 가질 수 있겠는가!

측근 중의 측근인 메드베데프와 대화를 나눌 때에도 가끔은 멈칫하거나 생각하는 표정을 짓는다.

그런데 푸틴은 단 1초도 그러지 않고 내내 웃고 있다.

성대했던 리셉션이 마쳐질 즈음 셋은 불콰한 얼굴이 되어 서로를 보며 환한 웃음을 지었다.

조금의 위화감도 없는 그런 미소였다.

같은 시각, 남아공의 유력 일간지 '데일리 메일 앤드 가디언'엔 다음과 같은 기사가 실렸다.

남아공이 낳은 세계 최고의 부자!

콩고민주공화국에 이어 러시아와 우크라이나, 그리고 벨라루스로부터 새로운 조차지를 얻다.

이번에 얻은 조차지는 총 20만 7,350㎢로⋯⋯. 우크라이나와 벨라루스, 그리고 러시아가 각각⋯⋯.

Y—그룹 대표이사인 하인스 킴은⋯⋯.

이제 넬슨 만델라와 샤를리즈 테론을 모르는 사람이 있어도 하인스 킴을 모르는 사람은 없다.

남아공의 국보(國寶)가 확실이다.

이 신문에 실린 기사 내용은 용비어천가(龍飛御天歌)에 버금갈 정도로 현수를 칭송했다.

Chapter 03
—
국민에 대하여 경례!

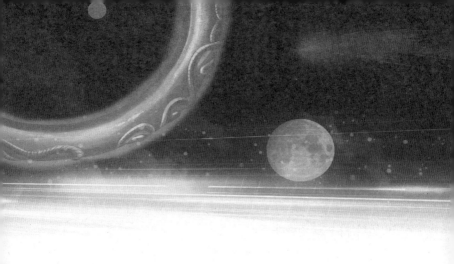

"어서 오세요! 하인스 킴 대표님 일행의 이르쿠츠크 방문을 열렬히 환영합니다."

귀여운 꼬마 아가씨가 꽃다발을 건넨다.

"고마워요, 꼬마 아가씨!"

"헤헷! 네에."

귀엽게 혀를 내밀더니 치맛단을 잡고 살짝 무릎을 굽히는 예를 취하고는 물러선다. 깨물고 싶을 정도로 귀엽다.

이르쿠츠크 공항에 당도한 시각은 늦은 오후였다.

오전 내내 크렘린궁에서 러시아 경공업 육성 방안과 시베리아의 힘에 관한 여러 이야기를 나누느라 시간이 많이 소모되어 점심 먹고 출발한 결과이다.

비행기 트랩을 밟고 내려올 때 붉은 석양이 보였는데 공기가 맑아서 그런지 매우 인상적이었다.

트랩의 끝에는 붉은 융단이 깔려 있었는데 이는 귀빈으로 맞이한다는 뜻이다.

꽃다발을 건넨 화동이 물러서자 뒤에 있던 키 큰 사내가 다가와 악수를 청한다.

"어서 오십시오. 주지사를 맡고 있는 세르게이 레브첸코입니다. 저희 주정부는 하인스 킴 대표님 일행의 방문을 진심으로 환영합니다."

현수는 주지사와 악수하며 살짝 고개 숙여 예를 표했다.

"이렇듯 환영해주셔서 감사합니다."

주지사의 뒤에는 양복 차림 사내들 여럿이 도열해 있다.

체격이나 표정을 보니 경호원은 아닌 듯하다. 아마도 보좌관이나 주정부 주요 인사들일 것이다.

이르쿠츠크에 당도하면 불편할 일이 없을 것이라던 푸틴의 얼굴이 떠오른다. 주지사와 주정부 인사들이 총출동했으니 그의 말대로 될 듯하다.

주지사가 굳은 악수를 하고 한 발짝 물러서자 멋진 제복을 입은 군악대 연주가 시작된다.

빰~빰빠라 빰! 빠빰! 빠빰! 빰~빰빠라 빰! 빠빰~!

오스트리아의 작곡가 쥐페(Franz von Supp?)의 경기병 서곡이다. 국빈이 왔을 때 주로 연주되는 곡이다.

이와 동시에 사방에서 카메라 플래시 세례가 터진다.

촤라락! 촤라라라라라라락—!

환한 빛이 수없이 명멸하는 동안 의장대는 열병식을 준비되고 있었다. 완벽한 국빈 환영식이다.

현수에 이어 트랩을 내려서던 지윤과 밀라, 그리고 올리비아가 놀란 표정이다.

한 발짝 먼저 내려 현수의 뒤에 서 있는 신일호만 덤덤하다.

올리비아의 뒤를 따라 내려서려던 항공기 승무원들은 얼어붙은 듯 움직이지 않는다.

이게 대체 무슨 일인가 싶은 것이다.

빠라 빠라 빠라 빠아암~!

군악대가 연주하는 동안 현수는 바로 곁 사열대 위로 안내되었다. 앞장서던 주지사가 나란히 서자 의장대 대장이 지휘봉을 치켜든다.

"전체에 차려~엇!"

착—!

"국빈께 대하여 받들어~ 총!"

착—!

현수는 계면쩍은 표정으로 경례를 받았다. 이런 의식을 수없이 치른바 있지만 너무 오래되어 그러하다.

"바로~옷!"

착—!

뺌 빠라 뺌뺌~! 뺌빠빠뺌~! 뺌 빠라 뺌뺌~! 뺌빠빠뺌~!

국가원수에 대한 경례곡인 듯한 곡이 연주된다. 참고로, 한국에선 대통령령으로 정했는데 이곡을 '봉황'이라 칭한다.

잠시 후, 장중한 군악에 맞춘 의장대 사열이 시작되었다. 첫 행렬이 사열대 앞을 지나는 순간이다.

"우로~ 봐!"

척—!

일제히 고개를 돌리는데 얼마나 연습을 했는지 마치 한 사람의 움직임 같다.

곧이어 두 번째 행렬이 다가온다.

"우로~ 봐!"

척—!

이번에도 마찬가지이다. 뒤를 이러 세 번째와 네 번째 행렬도 지났다.

현수가 사열을 받는 동안 지윤과 밀라, 그리고 올리비아와 신일호는 단 아래 좌우에 섰다.

비행기에서 내려선 승무원들은 약간 떨어진 곳에서 놀란 표정으로 사열식을 지켜보는 중이다.

대체 이게 무슨 일인가 싶은 것이다.

잠시 후 사열이 끝났다. 주지사는 정중히 고개 숙인다.

"다시 한번 대표님의 방문을 열렬히 환영하는 바입니다."

"네. 환대에 감사드립니다."

악수를 하고 손을 흔드는 동안 카메라 플래시가 수없이 명멸했다. 내일 조간 1면에 실릴 사진일 것이다.

"바이칼호에 관광차 오실 거라는 전언을 들었습니다. 부디 좋은 추억 만드시기 바랍니다."

"네, 그래야죠."

"머무시는 동안 불편함이 있으면 언제든 연락 주십시오."

주지사가 건네는 명함엔 휴대전화 번호가 적혀 있다. 24시간 언제든 직통이라는 뜻이다.

현수는 고개를 끄덕였다.

"배려에 감사드립니다."

"대통령 각하로부터 각별히 모시라는 말씀이 있었으니 당연한 일입니다. 참! 총리님도 따로 연락 주셨습니다."

푸틴과 메드베데프 모두의 면을 세워주는 말이다.

"아, 그랬군요."

"두 분 모두 잘 모시라는 말씀을 하셨으니 언제든, 뭐든 필요한 게 있으시면 말씀만 하십시오."

러시아의 절대 권력이 내린 명령이니 진짜 무엇을 요구하든 충심을 다해 움직일 것이다.

"참, 예약하셨던 아나스타샤 호텔은 비워졌습니다."

"에고, 그렇게까지 할 필요는 없는데……."

"아닙니다. 머무시는 동안 불편하시면 안 되니까요. 하루 머무시고 알혼섬으로 가신다 들었는데 맞습니까?"

"네! 그러려구요."

"교통편은 어떻게……?"

"헬기를 예약해두었습니다."

"아! 그렇군요. 알겠습니다. 차질 없도록 살피겠습니다."

"환대와 배려해주셔서 감사합니다."

"아이고 아닙니다."

짐짓 손사래를 치며 물러선다. 감히 치하(致賀)를 받을 수 없다는 뜻이다.

"준비된 차에 승차하시면 호텔까지 모시겠습니다."

주지사가 손짓을 하자 검정색 세단들이 줄줄이 다가온다.

선도에서 콘보이(Convoy)할 경찰 오토바이 여덟 대도 굵직한 배기음을 내며 들어선다.

부릉, 부릉, 부릉, 부르르르릉—!

지윤과 밀라, 그리고 올리비아가 선두 차량에 탑승하고, 현수와 신일호는 두 번째 차량에 올라탔다.

주지사와 보좌관은 세 번째 차에 승차했고, 승무원들은 이후 차량에 나눠 탔다.

잠시 후, 경광등을 번쩍이는 오토바이의 인도에 따라 검은색 세단들이 이동하기 시작했다.

그러고 보니 현수가 탄 차의 좌우 깃봉에 러시아 국기와 이르쿠츠크 주정부의 깃발이 펄럭인다.

국빈이 탑승했음을 의미하는 것이다.

가는 길 도로의 신호등은 모두 초록색이다.

잠시도 지체하지 않고 곧바로 아나스타샤 호텔까지 이동하도록 누군가 관제하고 있는 것이다.

"조촐한 식사 자리를 준비했습니다."

주지사는 어서 고개를 끄덕여 달라는 표정이다.

"… 그러죠."

현수가 고개를 끄덕이자 안도의 한숨이라도 쉬는 듯하다.

호텔에 당도한 후 룸 배정이 있었다.

현수는 당연히 제일 좋은 스위트룸을 차지했고, 지윤과 밀라, 그리고 올리비아는 그 곁의 부속 룸이 배정되었다.

항공기 기장 및 승무원들도 상당히 좋은 방에 머물게 되었다. 호텔이 통째로 비워진 상태라 모두가 1인 1실이다.

모든 비용은 이르쿠츠크 주정부에서 부담하니 원하는 무엇이든 즐겨도 된다고 하였다.

"흐음! 전망이 아주 좋군요."

도도하게 흐르는 안가라강[4]이 한눈에 보여 시야가 탁 트이는 느낌이다. 강 건너 숲은 울창해서 보기에 좋았다.

"좋은 방이군요. 자, 이건 팁입니다."

---

4) 안가라강 : 시베리아 남동부를 흐르는 강. 예니세이강의 지류로 바이칼호에서 흐르기 시작하는 유일한 강

"네? 아, 아닙니다."

감히 받을 수 없다는 듯 손을 내젓는 벨보이는 주지사의 눈치를 살핀다.

현수가 내민 게 100달러짜리 지폐이기 때문이다.

"대표님이 주시는 것이니 받게."

"아! 네에. 감사합니다, 감사합니다."

지나칠 정도로 굽신거린다.

지금껏 받았던 팁 중 최고액이라서가 아니라 세계 최고의 부자로부터 받는 것이기 때문이다.

"방이 마음에 드신다니 다행입니다."

"네! 배려에 감사드립니다."

"에구, 당연한 일입니다. 잠시 쉬셨다가 나오시면 컨벤션 센터로 안내할 겁니다. 조촐한 만찬이 준비되고 있습니다."

"네! 알겠습니다."

주지사와 벨보이가 물러난 후 잠시 창밖을 응시했다.

'도로시, 실라페 근처에 있지?'

'네! 멀지 않은 곳에 있어요. 언제든 부르면 올 거예요.'

'알았어.'

바이칼호 깊숙한 곳에는 물의 상급 정령 엔다이론이 머물고 있다. 그곳에서 태고의 마나를 모으고 있을 것이다.

마나를 쓸 수 없는 현재 실라페가 없다면 불러낼 방법이 없기에 확인한 것이다.

간단히 샤워를 하고 나오니 대기하고 있던 벨보이가 컨벤션 센터로 안내한다. 많이 긴장했는지 떨리는 목소리였지만 짐짓 모르는 척해줬다.

안내된 곳엔 뷔페가 차려져 있었고, 잔잔한 곡이 연주되고 있었다. 흘깃 바라보니 인원수가 제법 많다.

지휘자, 바이올린 9명, 비올라, 첼로, 플루트 각 3명, 베이스와 바순 각 2명, 호른과 트롬본 1명씩으로 구성되어 있다.

챔버 오케스트라(Chamber Orchestra)인 듯싶다.

현수가 들어설 때엔 러시아 왈츠를 대표하는 '아무르강의 물결(Waves of Amur)'이란 곡이 연주되었다.

이어서 연주된 곡은 세계적인 인기를 끌고 있는 그룹 다이안의 '지현에게'였다.

이어서 '첫만남', '잠자리와 나비', '나만의 그대', '겨울비 나리는데', '사랑은 가고'가 연주된다.

다이안 1~3집에 수록된 곡이고, 전 세계 음악 차트 정상에 올랐거나 올라있는 곡들이다.

다이안의 3집에 실린 '겨울비 나리는데'가 현재 빌보드 1위이고, '사랑은 가고'는 2위에 랭크되어 있다.

조금 더 시간이 흐르면 1위와 2위가 바뀌게 된다.

그리고 내년 3월이 되면 다이안의 새로운 신곡이 다시 정상에 오르게 될 것이다.

이런 일은 매 4개월마다 반복될 것이고, 다이안이 은퇴하기

전까지 계속될 것이다.

범접할 수 없는 멜로디 라인과 기가 막힌 화음을 능가할 곡이 없을 것이기 때문이다.

다이안이 발표하는 곡들은 심신을 편안케 하고 듣는 것만으로도 면역력이 상승한다. 하여 남녀노소 모두가 저절로 좋아하게 되기 때문이다.

소리를 들을 수 없는 청각장애인도 스피커를 몸에 대어 음률의 진동을 느끼게 하면 면역력이 좋아진다.

다이안이 발표한 곡들은 편곡되어 연주되기도 하는데 클래식이나 뮤지컬 버전으로 바뀐 것들이 인기를 끌고 있다.

Y—엔터 소속 작곡가들과 아티스트들이 만들어내는 것이다.

*   *   *

현수와 주지사는 헤드 테이블에 앉아 식사를 했다. 퍼스트레이디로 지윤과 주지사의 부인이 동석했다.

현수는 기자들에게 시선을 주었다. 이만한 준비를 했으니 사진 찍을 시간은 줘야 한다 생각한 것이다.

모르긴 몰라도 세르게이 레브첸코는 무난히 차기 주지사직도 수행하게 될 것이다. 현수와의 친분을 보이는 것만으로도 유권자들의 선택을 받을 것이기 때문이다.

모두가 착석하자 현수가 자리에서 일어나 와인이 담긴 잔을 들어 올렸다.

　기다렸다는 듯 마이크가 대령된다.

　"하인스 킴입니다. 다들 저 아시죠?"

　"네에."

　합창하듯 이구동성이다.

　"알아봐 주시니 고맙네요. 저 때문에 집에도 못 가고, 가는 곳마다 격리되어 있었던 승무원 여러분!"

　"……!"

　대꾸 없이 모두의 시선이 집중된다.

　"내일은 바이칼호에 있는 알혼섬으로 이동할 거고, 거기서 1박 내지 2박을 할 예정입니다."

　현수는 자신에게 쏠린 시선을 일별하고는 말을 잇는다.

　"오늘은 더 이상의 일정이 없으니 다들 실컷 마시고 즐기시기 바랍니다."

　이들은 아직 슬라브 3국으로부터 엄청난 면적의 조차지를 얻었다는 것을 모른다.

　러시아어를 모르기 때문이며, 인터넷을 접할 수 없는 곳에 격리되어 있었기 때문이다.

　주지사가 국빈에 준하는 환대를 하는 이유도 모른 채 여기까지 따라온 것이다. 한 가지 확실한 것은 지극히 우호적이며 귀빈대접을 받고 있다는 점이다.

"여러분들의 노고에 대해 깊은 감사를 드립니다. 그에 대한 보답으로 연 수입에 해당하는 보너스가 지급될 것입니다."

"……? 와아아아아~!"

잠시 멍하더니 환호성을 지른다.

이번에 동행한 승무원들의 연봉은 5,000~7,000만 원 정도이다. 베테랑들이 선발된 것이다.

기장은 2억 원, 부기장은 1억 7,000만 원이다.

이를 일시불로 준다는데 어찌 싫다고 하겠는가!

"귀국하기까지 조금 더 시간이 걸릴 겁니다. 아직 제 일정이 끝나지 않아서 그렇습니다. 이에 대한 보답으로 각기 1계급 특진도 시켜드릴 예정입니다."

"저어, 죄송한 말씀이지만 대표님께서 어떻게 우리를…?"

일행 중 우두머리가 할 수 있는 기장의 물음이었다.

"여러분이 속한 항공사의 주인이 바뀌었습니다."

"네…? 그게 무슨…?"

다들 멍한 표정이다. 무슨 뜻인지 대번에 알아듣지는 못했다는 뜻이다. 하지만 그 시간은 그리 길지 않았다.

"우와아아아아아~!"

모두들 다시 환호성을 지른다. 세계 최고의 부자가 새로운 사주(社主)가 되었다. 절대 망하지 않는다는 뜻이다.

파티는 밤늦게까지 계속되었다. 계속 격리생활을 했던 승무원들은 그간의 답답함을 해소하려는 듯 펄펄 날았다.

적당히 술이 들어가고, 노래방 기기가 들어오자 여승무원들이 앞 다퉈 마이크를 잡는다.

어떻게 하든 현수의 눈에 들려는 의도였다.

밀리와 올리비아도 마이크를 잡았는데 불행히도 그들의 경쟁 상대는 다이안이다. 노래와 춤 모두 완패였다.

현수도 마이크를 잡아야 했다.

부른 노래는 러시아의 민족시인 라술 감자토프가 쓴 시에 얀 프렌켈이 가사를 붙인 '백학'이다.

한국에서는 최민수, 고현정, 박상원, 이정재가 출연한 드라마 '모래시계'의 OST로 유명하다.

여러 가수들이 불렀는데 그중 이오시프 코브존(Иосиф Кобзон)이 부른 버전이 가장 널리 알려졌다.

오케스트라의 반주에 맞춰 노래를 불렀는데 첫 소절이 나오는 순간 모두의 입이 벌어졌다.

특히 러시아 사람들 눈까지 동그래졌다.

전혀 기대하지 않았던 굵직한 저음 때문만이 아니다. 현수의 러시아어 발음이 너무도 유창해서였다.

요란한 박수에 이어 앵콜 요청이 빗발쳐서 다시 마이크를 잡았다.

이번에 부른 곡은 요절한 고려인 가수 빅토르 최의 최고 인기곡인 '혈액형'이라는 곡이다.

이번엔 빅토르 최보다 더 허스키한 음색으로 음률을 탔다.

다소 생소한 한국인들은 뭔가 하는 표정이었지만 러시아 사람들은 모두가 자리에서 일어나 합창하듯 따라 불렀다.

다음이 그 노래의 가사이다.

따뜻한 곳에 있어도 전장은 우리의 발길을 기다린다
군화 위엔 별빛의 먼지,
보드라운 안락의자, 체크무늬 융단
제때 당기지 못한 방아쇠
햇빛 비치던 시절이란 꿈속에나 있을 뿐
소매 위엔 혈액형
소매 위엔 나의 군번
전투로 향하는 내게 행운을 빌어다오
홀로 이 벌판에 남지 않도록……

또 앵콜 요청이 있었지만 마이크를 넘겼다. 부르기 시작하면 끝이 없을 것이기 때문이다.

현수는 주지사와 이런 저런 이야기를 하며 음식을 먹었고, 보드카를 마셨다.

지윤과 주지사 부인, 그리고 밀라와 올리비아도 마셨다. 유일하게 술을 입에 대지 않은 건 신일호 뿐이다.

기장과 승무원들이 광란의 파티를 즐기고 있을 때 현수와 지윤 등은 슬쩍 일어나 객실로 향했다.

따뜻한 물로 샤워를 하고 나와 발찌까 맥주의 캔을 따 한 모금 들이켰다.

그러곤 커튼을 열어 창밖 풍경에 시선을 주었다.

똑, 똑, 똑—!

"누구…? 들어와요."

삐이꺽—!

흘깃 돌아보니 지윤이 베개를 들고 서 있다. 같은 침대를 쓰기로 했던 약속을 지키라는 뜻인 모양이다.

"침실은 저쪽이야."

"네! 베개 놓고 올게요. 근데 저도 한잔 더 해도 되죠?"

"더…? 이미 많이 마셨잖아."

"에이, 그렇게 많이 마시지 않았어요."

"그래? 그럼 갔다 와."

옆 의자를 툭툭 치자 얼른 베개를 놓고 쪼르르 다가온다.

"맥주 괜찮지?"

"네에. 보드카는 너무 세더라구요."

냉장고를 열어 발찌까 0번 맥주를 따서 건넸다. 맥주 맛은 나지만 알코올이 전혀 없는 무알코올 맥주이다.

꿀깍 꿀깍—!

"캬아아~!"

술도 아닌 것을 마시고 내는 소리이다. 전주에 살짝 취했는지 무알코올이란 것을 눈치 채지 못한 모양이다.

귀여워서 흘깃 바라보고는 마시던 캔을 비웠다. 이것의 라벨 중앙엔 9라고 쓰여 있다.

이 맥주의 광고 문구는 다음과 같았다.

"당신을 위해서 맥주와 보드카를 섞었습니다."

발찌까 시리즈 중 가장 도수가 높은 8%짜리이다.

아무 말 없이 창밖에 시선을 주고 있는데 지윤이 어깨에 머리를 기댄다. 싱그러운 샴푸 냄새가 풍긴다.

"졸려? 졸리면 안에 들어가서 자."

"그냥 이러고 있고 싶어서요."

"그래? 그럼……."

어깨를 살짝 당겨 안자 헝겊 인형처럼 힘없이 딸려온다. 그러곤 잠시 아무런 말이 없었다.

"나는 자기에게 어떤 존재일까요?"

"왜……? 뭐가 맘에 안 들어? 뭐 때문에 그래?"

"아뇨! 그냥요."

"남자는 여자랑 달라서 지금처럼 말을 빙빙 돌려서 말하면 하나도 못 알아들어. 그러니까 알고 싶은 걸 물어봐."

"……!"

지윤은 잠시 말이 없었다. 그러더니 고개를 뗀다. 불편해서 그런가 싶어 고개를 돌리던 현수와 시선이 딱 마주친다.

"난, 진짜 자기의 애인인 건가요?"

"…의심이 많네. 이 여자!"

"말해 봐요. 근데 내가 왜 이런 기분일까요?"

"글쎄……? 나야 왜 이러는지 모르지. 조금 전에도 말했듯이 남자들은 무뎌서 여자들만의 언어를 알아차리지 못해. 그러니까 뭐가 기분 상하게 했는지 그냥 대놓고 물어봐."

"으음!"

지윤은 쉽게 입을 떼지 못했다. 아니라는 답을 들을까 무서웠던 것이다.

"말 안 해? 그럼 한 캔 더 해. 그럼 용기가 생길 테니까."

"하아! 좋아요."

현수는 새로운 캔을 땄다. 이번엔 발찌까 1이다. 무알코올이 아니라 4.4도짜리이다. 발찌가 0이 없어서 준 것이다.

꿀깍 꿀깍―!

"캬아아아!"

지윤이 한 캔을 다 비울 때까지 현수는 아무런 말도 하지 않았다. 대신 왜 이러는지를 추측해 보았다.

그렇게 잠시의 시간이 흘렀고, 캔이 비워졌다.

"혹시 밀라나 올리비아 때문에 그래?"

"자기 곁에는 계속 미인이 꼬여요."

"미인…?"

"네. 조 부장님도 그렇고, 이리냐나 밀라, 그리고 올리비아도 모두 미녀예요. 여자인 제가 보기에도 너무 예뻐요."

"그래서?"

"그래서는요. 나는 불안해요. 자기의 마음이 변할까 봐요."

대답하는 지윤의 눈이 약간 커진 느낌이다.

술에 취하면 중심을 잡지 못하고 비틀거리거나 혀가 꼬인다. 근육 긴장도가 정상 범위를 벗어나는 때문이다.

지금은 지윤의 안구를 붙잡고 있는 근육이 제대로 작동하지 못하고 있다. 하여 안구 운동이 제대로 조절되지 않는다.

그 결과 눈이 풀어져 보이는 것이다.

"안 변하니까 걱정 마."

"아뇨! 어쩌면 변할지도 몰라요. 자기도 남자잖아요."

"내가?"

"네! 자기도 남자 맞잖아요. 남자들은 예쁜 여자만 보면 저절로 눈이 돌아간다고 들었어요. 안 그래요? 딸꾹—!"

확실히 취한 모양이다. 그리고 지윤은 술 취하면 용감해지는 스타일인 모양이다.

새삼 귀여워 보였다. 하여 머리를 쓰다듬어 주었다. 그런데 팔을 들어 못하게 막는다.

"왜 대답을 안 해요? 엉? 자기도 밀라나 올리비아를 보고 흔들리고 있는 거예요?"

"에구, 아냐! 아니라고. 그 친구들은 내가 데리고 있고 싶어서 그러는 거 아니라는 거 알잖아. 우크라이나와 벨라루스 정부에서 파견한 거 알고 있잖아."

"알아요. 알아! 근데 불안하단 말이에요."

"뭐가? 왜?"

"너무 예쁘잖아요. 늘씬하고…, 똑똑하고. 쳇! 자기는 좋겠어요. 밀라랑 올리비아 같은 미녀들이 자기에게 반해서."

오늘 만찬을 즐기는 동안 밀라와 올리비아는 나직한 대화를 나눴다. 주로 올리비아가 묻고 밀라가 대답했는데 가만히 들어보니 전부 현수에 관한 것이다.

대화하는 내내 둘의 시선은 현수에게 꽂혀 있었다. 그 시선에는 존경과 애정이 담뿍 담겨 있었다.

"술 많이 드시는데 이따가 대표님 방 습격할까?"

밀라의 말에 올리비아의 눈이 대번에 커진다.

"엥? 정말? 나도, 나도…!"

"미쳤어? 우리 둘이 동시에…?"

"엥? 그러면 안 되는 건가?"

"당연한 거 아냐? 혹시 술 많이 마셔서 미친 거야?"

"무슨 소리야? 대표님 방 습격해서 더 마시자는 거 아냐? 대체 무슨 생각을 하는 거야?"

올리비아는 묘한 눈빛으로 밀라를 살핀다. 그러곤 다시 입을 열었다.

"설마……? 휘이! 음란마귀야 물러가라. 물러가."

"뭔 소리래? 음란마귀라니? 내가 무슨 야한 상상을 했다는 거야? 나 혼자 쳐들어가서 단둘이 마시자는 거였어."

"휘어! 음란마귀가 아직 안 나갔네. 물러가라, 물러가!"

둘은 잠시 티격태격했다. 그러는 동안 마신 술 때문에 결국 둘 다 취해서 각자 본인의 방으로 갔다.

지윤은 이를 보면서 홀짝였는데 그 결과 눈이 풀릴 지경이 된 것이다. 그래도 사랑하는 남자를 지키려는 일념으로 왔다가 맥주 한 모금에 훅 간 것이다.

눈은 무게가 거의 없지만 이미 쌓인 것 위에 한 송이가 더 해지는 순간 멀쩡하던 나뭇가지를 부러트리는 것과 유사하다.

"둘 다 나한테 반했어? 확실해?"

현수의 입가엔 흐뭇함이 배어 있다.

"네! 오늘은 밀라가 이 방으로 올지 몰라요. 내일은 올리비아가 그럴지도 모르구요."

"아! 그래? 그럼 어떻게 하지?"

짐짓 겁먹은 척하는 말이다.

"헤헷! 걱정 마요. 내가 지켜요, 내 남자니까요. 어머~!"

말해놓고 나니 엄청 용감한 말을 했다는 것을 느꼈는지 두 볼이 빨갛게 달아오른다.

"내 남자……? 그래, 맞아. 잘했어."

"그쵸? 저 잘했죠? 그러니까 뽀뽀!"

"…응? 그, 그래."

쪽, 쪽!

버드 키스(bird kiss)를 해주자 표정이 풀린다. 마음이 놓여서인지 혹 가버린 모습이다.

"헤헤! 헤헤헤!"

입술과 입술이 살짝 닿았다 떨어졌을 뿐인데 뭐가 그리 좋은지 헤실거린다.

입술 사이 하얀 치열이 불빛에 반짝인다.

어찌나 고혹스러운지 저도 모르게 와락 끌어안고 진한 입맞춤을 할 뻔했다.

"끄응……!"

어느 순간 지윤의 눈이 감긴다. 과한 취기로 인한 인사불성의 세계로 진입한 것이다.

현수는 잠시 기다렸다 안아들었다.

"에휴~!"

슬리퍼를 벗기고 보니 가운 앞자락이 벌어져 있다. 언젠가 보았던 장밋빛 브래지어와 팬티만 입은 모양이다.

'후후! 육탄 돌격은 이 아가씨가 작정했던 모양이군.'

피식 웃고 옷매무새를 다듬어주곤 이불을 덮었다.

Chapter 04

—

육탄돌격

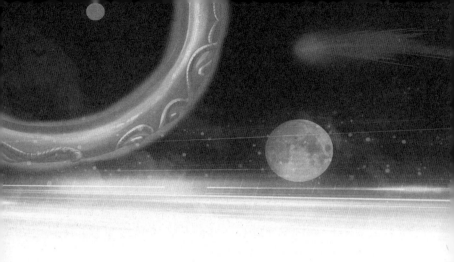

'흐음! 밀라가 올지도 모른다고?'

현수는 지윤의 주머니에서 키를 꺼내 그 방으로 갔다.

깊은 밤, 살금살금 다가와 조용히 문을 두드리는 인영이 있다. 우크라이나에서 파견한 수행비서 겸 정부 연락관인 밀라 유리첸코였다.

술에 취해서 향수를 엎기라도 했는지 장미향이 진동했다.

몇 번이나 조용한 노크를 했고 초인종을 눌렀지만 아무런 반응이 없었다.

이때의 지윤은 깊은 꿈속에서 현수와 알몸으로 부딪치면서 야트막한 신음을 내던 때이다.

사람들은 잘 모르지만 남자만 몽정(夢精)을 하는 것이 아니다. 여자 역시 성적으로 흥분하면 바르톨린선[5] 이란 곳에서 특별한 액체가 분비된다.

성교 없이 분비되는 이것을 여자 몽정이라 칭한다. 참고로, 몽정은 의학 용어로 야간유정(夜間遺精)이라 한다.

어쨌거나 지윤의 속옷은 슬며시 젖어들었다.

밀라가 물러가고 10분쯤 지났을 무렵 또 다른 인영이 고양이처럼 소리 없이 다가와 문을 두드린다.

벨라루스에서 파견한 올리비아 본다코였다.

아무런 속옷 없이 샤워 가운만 걸친 채였다. 본인의 룸에서 마신 맥주가 큰 용기를 내게 만들었던 것이다.

몇 번이나 조용한 노크를 했지만 이번에도 아무런 반응이 없었다. 지윤이 2차전에 돌입한 상태이기 때문이다.

자는 동안 몸부림쳐서 드러난 허벅지 사이에 이불이 돌돌 말린 채 끼워져 있었고 지윤에 의한 고문 아닌 고문을 당하고 있었다.

올리비아는 실망한 표정으로 쓸쓸히 돌아갔다.

같은 시각, 지윤의 방으로 간 현수는 바람의 중급 정령 실라페를 호출하고 있었다.

영하 17.5℃였고, 바람이 거셌지만 창문은 활짝 열려 있다.

---

5) 바르톨린선(Bartholin's gland) : 여성의 성기에서 질전정구(Vestibular bulb) 상부의 뒤쪽으로 질 양쪽에 위치하며, 점액을 분비하는 타원형의 작은 샘

"실라페! 근처에 있지?"

그리 크지 않은 음성이었지만 즉각적인 대답이 있었다.

"네. 그럼요. 바로 곁에 있어요."

현수 본인은 느끼지 못하였지만 실라페는 현수의 곁은 떠난 적이 없다.

가까이 있는 것만으로도 진한 마나의 향기를 느끼기 때문이다. 아울러 강한 정령력과 성스러운 신력까지 느껴지니 지근거리(至近距離)에 머물렀던 것이다.

'그럼 모습을 보여.'

'네.'

실라페는 전보다 훨씬 나아진 모습이었다.

'예쁘네. 잘 지냈지?'

'덕분에요.'

'내일 바이칼호로 간 거야. 거기 깊은 곳에 물의 상급 정령 엔다이론이 있어.'

'아! 진짜요?'

'확실히 있어. 근데 너무 깊은 데 있어서 내가 불러도 안 나올 수 있는데 들어가서 불러줄 수 있을까?'

'그럼요! 당연히 그럴 수 있죠.'

'그래, 잘 부탁해.'

'네엥~!'

실라페는 강압적이지 않았던 것이 마음에 들었는지 코맹맹

이 소리로 대답했다.

'근데 언제쯤 실라디온이 될까?'

참고로, 실라디온은 바람의 상급 정령을 가리키는 말이다.

'조만간 될 거 같아요. 고마워요.'

현수 본인은 모르지만 마나의 향이 진하게 풍기고 있다. 향수를 싼 종이에서 향내를 풍기는 것과 같은 이치이다.

상당히 농도가 짙어 곁에 머무는 것만으로도 세계수 그늘 아래에서 마나 호흡을 하는 것과 다를 바 없다.

덕분에 실라페는 조만간 고비를 넘길 상황이다.

'정말? 다행이야.'

'네! 덕분이에요. 정말 고마워요.'

'바이칼호는 마나 농도가 진해. 거기서 진화했으면 좋겠다.'

중급보다 상급이 훨씬 더 강력한 존재이기에 하는 말이고, 앞으로 정령들의 도움을 받아야 하니 아쉬워서 한 말이다.

'좋은 정보네요. 기대가 되요.'

'그래, 기대해도 될 거야.'

인간이 세상을 지배하면서 지구는 곳곳이 파헤쳐지고, 훼손되었으며, 땅과 바다는 쓰레기 천지이다.

그뿐만 아니라 공중까지 오염 물질로 그득하다. 그 결과 고대에 비해 마나 농도가 확실히 옅어진 상태이다.

그렇다 하여 모든 곳의 농도가 동일한 것은 아니다.

바이칼호, 백두산, 아마존, 세도나, 파타고니아 지방의 페리토 모레노 빙하 지대 등은 상대적으로 농도가 짙다.

이밖에 킬리만자로와 히말라야 등 인간이 손길이 덜 묻은 곳의 농도 또한 타지에 비해 확실히 진하다.

지구 전역에서 가장 농도가 낮은 곳은 지나와 인도, 그리고 유럽 등이었다.

가장 먼저 나빠진 곳은 유럽이고, 가장 신속하게 악화된 곳은 지나였으며, 꾸준히 나빠지는 곳은 인도이다.

지나의 경우는 대홍수 이후 마나 농도가 조금씩 오르고 있다. 쓰레기 같은 한족들이 사라져서 일어나는 일이다.

하긴 대기오염 물질을 쉬지 않고 뿜어대던 굴뚝들과 늘 온갖 쓰레기를 배출할 인간들이 사라졌으니 당연한 일이다.

바람의 정령에 이어 물의 정령과 땅의 정령, 그리고 불의 정령까지 확보되면 계획한 일이 있다.

흑룡강성, 길림성, 요녕성, 그리고 내몽골자치구를 현수가 차지하듯 신장위구르자치구는 위구르족이, 서장자치구는 티벳족의 땅이 되게 한다.

이를 제외한 장강 이북지역인 감숙성, 청해성, 섬서성, 사천성, 하북성, 산서성, 산동성, 강소성, 하남성, 호북성, 안휘성 일대는 새로운 지구의 허파가 될 것이다.

아열대와 온대, 그리고 한냉 기후가 뒤섞인 이 땅의 수목들은 아마존 밀림 못지않게 무성하게 될 것이다.

홍수와 가뭄, 태풍 같은 천재지변을 각 정령들이 적절히 제어할 것이니 순조로울 예정이다.

이 지역은 상당기간 동안 외부인의 침입이 없을 것이다. 2중 3중으로 조치를 취할 것이기 때문이다.

장장 북쪽 강변을 비롯하여 타 국가와의 국경엔 눈에 보이지 않는 경비 로봇이 배치된다.

국경 또는 장강을 넘으려는 움직임을 사전에 분쇄하는 임무를 맡는다. 사람이라면 기절시켜 놓고, 선박은 바닥에 구멍을 뚫어버린다.

이보다 조금 더 안쪽 밀림 지대엔 여러 종류의 동식물들이 서식하게 된다.

생쥐, 토끼, 사슴, 노루 등도 있겠지만 포식자인 곰도 있다. 아울러 무리 사냥을 하는 늑대 무리도 있다.

몰래 침입했다가 이들에게 걸리면 뼈도 못 추리고 곧장 저승행 급행열차에 올라타게 된다.

당연히 시체조차 온전히 남기지 못한다.

이실리프 왕국과 맞닿은 곳, 현재의 섬서성, 하북성, 산서성 북쪽엔 식인선인장 디오나니아 재배지가 조성된다.

개량을 통해 모든 기후에 적합하도록 했으며, 일반 식물과 같이 뿌리를 통해 양분을 흡수하고 광합성을 하도록 하였다.

식물계의 트롤이라 불릴 만큼 복원력이 대단하다.

꽃은 향기가 매우 그윽하여 드래곤이 레어에 가져다 놓을 정도인지라 천연 향수의 원료가 된다.

이 꽃이 지면 바나나 같은 열매가 열린다. 두어 개만 먹어도 배가 부르며, 진통 효과가 있어 진통제의 원료가 된다.

과즙은 매우 달콤하여 청량음료의 원료로 쓰인다.

잎사귀를 가공하면 방탄복이 되며 중심 줄기는 잘 말려 목재로 사용할 수 있다. 버릴 것이 없는 식물이다.

움직이는 동물이 다가오면 냅다 덮쳐 양분으로 삼는 본성이 그대로 남아 있으니 운 좋게 이곳까지 온다 하더라도 무성한 디오나니아 농장을 통과하기 어려울 것이다.

바다를 통한 침입 또한 불가능하다.

모든 소나를 흘려보내는 물질이 도포된 스텔스 무인 잠수함과 어떠한 방법으로도 추적 불가능한 자율 비행 무인 경비정이 감시의 눈길을 늦추지 않기 때문이다.

둘 다 초소형 핵융합 엔진이 설치되어 있어 최소 1,000년간 임무 수행이 가능하다.

만일의 고장을 대비한 일꾼 로봇과 만능 제작기까지 갖춰져 있어 정비를 위한 기지 복귀도 필요 없다.

사람이 탑승하지 않는지라 크기가 작으며, 24시간 내내 단 1초도 경비의 눈길을 거두지 않는다.

둘 다 하프늄 5g이 든 추살 2호가 100개씩 탑재된다. 하나가 TNT 5,512.5kg의 폭발력을 가졌다.

1999년 림팩 훈련 때 한국의 1,200t급 2번함인 이천함은 괌 근처 태평양에서 1만 6,000t급 퇴역순양함 오클라호마시티함에 어뢰를 발사하여 단 한 발로 격침시킨 바 있다.

이때 발사된 어뢰의 탄두 중량은 260kg이었다.

따라서 추살 2호 한 방이면 세계에서 가장 큰 타이푼급 핵 잠수함이라도 대번에 동강내거나 격침시킬 수 있다.

참고로, 잠수함 데이터는 군사기밀이라서 확실한 제원을 파악하는 것이 어렵다.

그래도 기록에 의하면 1969년 소련의 핵 잠수함 K-162가 44.7노트로 가장 빨랐던 것으로 파악되고 있다.

무인 잠수함의 최고 속도는 200노트이다. 시속으로 환산하면 370.4km/h이다. 미래 기술이 도입된 결과이다.

현수가 마법을 쓸 수 있게 되면 마찰을 줄이는 퍼펙트 그리스 마법과 속도를 높이는 그레이트 헤이스트 마법이 적용될 수 있다.

둘 다 현수가 창안한 이실리프 학파 고유 마법으로 적은 마나로 최대의 효과를 노리는 것이다.

이 두 가지 마법 모두가 가동될 경우엔 500노트까지 속도를 높일 수 있다. 단, 5분만 유지된다.

선체에 너무 강한 압력이 가해지고, 너무 빨라서 수중 생태계 교란 현상이 빚어지기 때문이다. 아무튼 시속 926km면 초공동 어뢰보다도 훨씬 빠른 것이다.

초공동 어뢰란 유체역학적으로 기포(Cavity)는 물체의 진행을 방해하지만 하나의 기포로 물체를 완전히 덮으면 수중의 마찰저항을 공기 중의 마찰저항과 비슷하게 만들 수 있다는 초공동(Super cavitation) 이론이 적용된 것이다.

참고로, 러시아의 초공동 어뢰 '쉬크발(Shkval)'은 항주 속력은 시속 370㎞ 정도이며, 항주 거리는 15㎞ 정도이다.

독일의 '바라쿠다(Barracuda)'는 약 800㎞/h이며, 사거리는 1㎞ 남짓이다.

무인 스텔스 잠수함이 최대속력을 내면 1분에 15.43㎞를 이동한다. 5분이면 77.16㎞를 갈 수 있다.

쉬크발이나 바라쿠다의 사거리를 훌쩍 뛰어넘는 거리이니 초공동 어뢰의 표적이 된다 하더라도 쉽게 따돌릴 수 있다.

따라서 무인 스텔스 잠수함은 무적이다. 서해엔 50척이 24시간 내내 경계 근무를 한다.

우주에 떠 있는 위성 또한 서해를 들여다보고 있다.

워낙 해상도가 뛰어나서 1인용 카누라 할지라도 대번에 색출 가능하다. 이밖에 지상 레이더망도 있으니 서해 바다는 쥐새끼 하나 지날 수 없을 것이다.

참고로, 동해와 남해엔 각기 100척의 무인 잠수함이 배치된다. 한반도 전체가 보호되는 것이다.

익스트림 스포츠의 끝판왕인 윙—슈트 같은 특수장비를 이용한 고공 침투를 예상할 수 있지만 이 또한 불가능하다.

완전자율비행 무인경비정이 이보다 훨씬 빠른 마하의 속도로 이동하는 때문이다.

인간이 탑승하지 않아 감내해야 할 압력을 고려할 필요가 없으므로 순항 속도는 마하 20으로 세팅된다.

시속으로 환산하면 시간당 2만 4,480㎞이다.

경복궁 근정전(勤政殿)을 출발하여 부산광역시청까지 자동차로 이동할 때의 거리는 약 400㎞이다.

교통량이 적은 한밤중에 출발한다 해도 4시간 이상 소요된다. 분으로 환산하면 240분이다. 그런데 안전자율비행 무인경비정은 이 거리를 불과 6.8초 만에 주파한다.

2016년 현재 지구에서 가장 빠른 비행 물체는 미국항공우주국이 개발한 극초음속 시험 비행기 X—43A이다.

2004년에 비행에 성공했는데 그때의 기록은 마하 9.8이다. 무인경비정은 이보다 2배 이상 빠르다.

미국은 북한 잠수함에서 발사되는 탄도미사일(SLBM)을 경계하고 있다. 어디서든 발사 가능한 것과 종말 속도가 약 1만 8,000㎞/h인지라 요격이 어렵기 때문이다.

하지만 무인 경비정은 이보다 1.36배나 빠르다. 발견 즉시 거리를 좁혀 요격할 수 있다.

성공률은 당연히 100%이다.

*   *   *

자율비행 무인경비정엔 고성능 레일건이 장착되어 있다.

여기서 발사되는 탄자는 마하 15의 속력으로 쏘아져 가며, 최대 사거리는 500km이다.

참고로, 2008년 1월 미 해군이 공개한 레일건 발사 시험 기록을 보면 탄자 속도 마하 6이었고, 사거리는 200km였다.

아무튼 표적이 정해지면 지구 자전, 습도, 기온, 기압, 풍향, 고도, 이동속도 및 방향이 모두 고려된 계산이 된다.

소요 시간은 대략 0.1초 정도이다.

그러곤 발사 승인이 떨어질 때까지 계속 락—온(Lock on) 상태를 유지한다. 언제든 명령이 떨어지면 그 즉시 발사하는데 당연히 백발백중이다.

그런데 세상일이란 예상치 못한 돌발 변수가 있을 수 있다.

갑작스러운 강력한 돌풍 또는 우박과 화산 분화 등 예상치 못한 상황을 고려하여 200~300km쯤 떨어진 곳에서부터 요격을 시작한다.

레일건 탄자는 고속과 고온을 견뎌낼 금속 물질로 이루어져 있다. 아직 발표되지 않은 새로운 합금으로 알루미늄과 철 등이 주요 재질이다.

탄자는 운동에너지만으로도 목표물을 박살낸다.

따라서 굳이 폭발력까지 갖출 필요가 없어서 그냥 하나의 덩어리로 이루어져 있다.

탄자의 무게는 약 8kg에 불과하다. 그리고 제조원가가 비싸지 않으니 요격될 때까지 계속 쏴도 된다.

2016년 11월 현재 한국환경공단에서 제공하는 환경 통계 정보 자료에 의하면 고물상에서 매입하는 폐 알루미늄 캔은 974원/kg이고, 고철은 128원/kg이다.

다른 성분까지 모두 포함시켜 계산해 보면 탄자 하나당 원가는 약 4,800원이다.

한편, 5.56×45mm NATO탄의 군납 가격은 300~500원 가량이다. 평균값으로 계산하면 1발당 400원이다.

그리고, 한국군 제식 소총 K—2는 20발 혹은 30발 탄창을 사용한다. 따라서 이 탄창을 가득 채운 뒤 자동으로 놓고 당기면 한 번에 약 8,000~12,000원이 소모된다.

그래서 사격 훈련할 때 '국민들이 낸 피 같은 세금으로 만든 거니까 반드시 명중시켜!' 라는 말을 듣는다.

어쨌거나 자율비행 무인경비정에서 사용하는 레일건 탄자는 전량 만능제작기로 제작한다.

엄청난 발사 충격과 대기를 꿰뚫는 동안 발생되는 마찰열을 견뎌낼 독특한 구조를 가졌다.

하여 일반적인 제조방법으로 만들려면 너무 어렵고, 많은 공정을 거쳐야 하며, 비용도 많이 들기 때문이다.

만능제작기는 만들려고 하는 물질의 구성성분을 공급하면 알아서 주문한 물질을 생산하는 도구이다.

공급은 일꾼 로봇이 담당하며, 대부분의 원료는 고물상 또는 쓰레기 처리장에서 쉽게 구할 수 있다.

따라서 제작비용은 고철 값이 전부이다.

무인경비정에서 쏘아진 레일건 탄자는 정말 특별한 돌발 변수가 발생되지 않는 한 무조건 명중된다.

불과 4,800원으로 잠수함에서 쏘아 올린 탄도미사일 등을 떨굴 수 있는 것이다.

돌발 변수로 인한 요격 실패 시 두 번째 탄자가 쏘아져 간다. 이때는 기(旣) 발생된 변수까지 고려되므로 실패는 없다.

따라서 2개의 탄자만 있으면 어떠한 탄도미사일이라도 요격해 낼 수 있다.

핵탄두를 탑재한 대륙간 탄도미사일이라도 채 1만 원도 안되는 돈으로 무효화할 수 있는 것이다.

어마이미히게 많은 돈이 들었을 상대의 무기를 그야말로 껌 값에 떨구니 적이 알면 약이 오를 것이다.

미국이 자랑하는 F—22 랩터의 가격은 약 4,370억 원이다. 이런 걸 K—2 소총을 자동으로 놓고 딱 한 번 당겨서 격추시키는 것이나 다름없다.

참고로, 각각의 무인비행정에는 각기 100개의 탄자가 실린다. 탄도미사일 50~100개를 떨굴 수 있다는 뜻이다.

유사시엔 공격용 무기로 전환될 수 있다.

탄자 5발이면 제아무리 큰 항공모함일지라도 여기저기에

구멍이 뚫려 침몰하는 모습을 보일 수밖에 없다.

적의 전투기나 헬기들은 어디서 쏜 것인지도 모르는 탄자에 꿰뚫려 추락하게 될 것이며, 육중한 전차나 장갑차 역시 뻥뻥 뚫리거나 뒤집히게 된다.

콘크리트로 뒤덮인 벙커(Bunker)도 탄자로부터 안전한 곳이 아니다. 수백 톤짜리 해머(Hammer)로 후려갈기는 듯한 충격을 받다가 결국엔 붕괴되고 말 것이다.

참고로, 압력에 관한 가장 기초적인 공식은 다음과 같다.

$$P = \frac{F}{A} \qquad \text{(P : 압력, A : 면적, F : 힘)}$$

탄자가 가진 운동에너지는 무지막지 하지만 크기는 그리 크지 않다.

이렇듯 분모가 작아지니 어마어마한 압력이 발생되므로 수백 톤짜리 해머라는 표현이 가능한 것이다.

이런 자율비행 무인비행정은 한반도 및 영해 상공 200㎞마다 한 대씩 떠 있다.

호버링[6]은 물론이고, 광학 및 전파 스텔스까지 기본이다. 아울러 적외선 및 열 추적이 불가능하다.

가만히 제자리에 떠 있음에도 눈에 보이지 않고, 레이더 등

6) 호버링(hovering) : 항공기 등이 일정한 고도를 유지한 채 움직이지 않는 상태

으로 식별이 불가능하다는 뜻이다.

이렇기에 장강 이북 지역으로의 해저, 해상, 공중, 육상 및 지하로의 허가받지 않은 진입 내지 침입은 불가능하다.

그러다 걸리면 즉시 사살 내지 격침, 또는 격추가 원칙이다. 무엇을 이용하든 걸리면 뒈진다는 뜻이다.

그런 상태로 약간의 세월이 흐르면 인간의 간섭이 없는 완전한 생태계가 구축되게 될 것이다.

다가갈 수는 없지만 무주공산처럼 보일 것이니 군침을 흘리며 호시탐탐 노리는 것들이 나타나게 된다.

그러다 무르익었다 싶으면 슬쩍 나설 것이다.

그런데 그러면 그 즉시 뒈진다!

그냥 뒈지는 게 아니라 가지고 있던 모든 것이 먼지처럼 스러지는 처참함의 끝을 보면서 영혼까지 말살된다.

어느 나라의 누가 얼마나 야욕에 젖어 있는지 확인할 수 있게 하기 위해 일부러 방치한 척하는 것이다.

타인이나 다른 국가의 고통이나 아픔 따위는 상관치 않고 오로지 본인의 욕심에 따라 움직이는 인간들은 잡초 뽑듯 뽑아야 하기 때문이다.

그러는 동안 전 세계에 분포되어 있는 한족(漢族)들은 불임으로 인한 종족 말살이 진행된다.

한족은 남의 기술을 훔치거나 강탈하고 있다. 아울러 온갖 쓰레기를 양산하며 대기 및 수질을 크게 오염시킨다.

돈이 되는 일이라면 서슴지 않고 남을 속이는 족속이며, 드넓은 영토를 가졌으면서도 남의 땅과 바다를 노렸다.

말로 안 되면 힘으로 이웃을 짓뭉개려는 야욕을 가진 족속이기도 하다. 시끄럽고, 욕심만 많으며, 후안무치하기 이를 데 없으니 멸족만이 답이다.

그들은 세상에서 지워지는 것으로 끝이 아니다. 징벌하는 이의 처벌을 받은 것이니 영혼까지 말살되는 것이다.

도로시는 한족의 금융재산을 빠짐없이 거둬들여 'The Bank of Emperor'의 잔고를 빵빵하게 만드는 중이다.

이 돈은 이실리프 왕국의 발전에 널리 사용될 것이며, 세계 각지에서 온갖 사유로 고통 받고 있는 가난한 이들을 구제하는 데 쓰일 것이다.

전에는 지구 거의 전체가 이실리프 제국의 영토였지만 이번에는 그럴 생각이 없다. 마법을 되찾으면 원래의 세상으로 돌아갈 것이기 때문이다.

현수가 이런 저런 생각을 하는 동안 이르쿠츠크의 밤이 지나고 새벽이 밝아왔다.

"운동이나 해야겠군."

가벼운 차림으로 호텔 밖으로 나서자 경계 근무 중이던 군인들의 시선이 쏠린다. 런닝화에 반바지와 반팔 티를 걸쳤을 뿐이기 때문이다.

영하 20℃인 현재 기온에는 확실히 맞지 않는 복색이다.

"에? 그렇게 입고 외출하시려구요?"

"네! 아침 운동 좀 하려고요."

"그럼… 저희가 경호하겠습니다."

"아뇨, 그럴 필요 없어요. 그냥 잠깐 달리기만 할 거예요."

한강처럼 산책로가 조성된 것이 아니므로 강변에 조성된 도로를 이용하겠다는 뜻이다.

"그래도요."

"에고, 이 시각에 누가 돌아다니겠어요? 안 그래요?"

시계를 보니 새벽 4시쯤이다. 완전히 날이 밝은 게 아니라 아직은 춥고, 어둡다.

"그건…, 그래도 안 됩니다. 저희가 모시겠습니다."

딱 보니 스페츠나츠 소속이거나 소속이었을 체형이다.

"저 따라오기 힘들 텐데요."

"아닙니다. 잠시만 기다려 주십시오."

잠시 후 일곱 명의 사내와 함께 달리기를 시작했다. 간소한 운동복 차림이다.

처음엔 같이 달렸지만 1㎞ 정도 지나자 200m 이상 벌어진다. 경호책임자로 보이는 사내만 따라오려고 애를 썼지만 그 역시 100m 뒤에서 따라온다.

현수 입장에선 오랜만의 새벽 운동이다.

주변에 공장이 없어 공기도 맑고, 기온은 영하 20℃쯤 되어 선선하게 느껴지는 게 운동하기에 딱 맞다.

현수는 일부러 천천히 달려 경호 책임자가 지근거리에 당도하자 입을 연다.

"이제 속력을 높일 거예요. 따라오지 말고 쉬고 있어요."

"네에? 지금보다 속력을 더 높여요?"

지금도 간신히 따라온 것이다.

슬쩍 시계를 보니 3분이 채 지나지 않았다. 1㎞를 달린 속도이니, 시속으로 환산하면 시속 20㎞로 달린 것이다.

2014년 9월, 베를린마라톤에서 케냐의 데니스 키메토가 2시간 2분 57초로 우승했다. 세계 신기록이다.

이를 시속으로 환산하면 20.98㎞/h 정도이다.

17.29초마다 100m씩 달리는 것이며, 전 구간 매 1㎞를 2분 50초 페이스로 달리는 것이다.

현수는 소드마스터와 그랜드마스터였고, 인간으로는 유사 이래 최초이자 마지막인 슈퍼 마스터였다.

무협 소설에 흔히 등장하는 전인미답(前人未踏)의 경지에 올랐던 것이다.

현재는 마나를 쓸 수 없어 본연의 능력을 다 발휘할 수 없는 상황이기는 하지만 강건한 심폐기능과 근력, 순발력, 지구력이 몽땅 사라진 것은 아니다.

아무 준비 없는 현재의 상태로 출전한다 하더라도 마라톤 풀코스를 1시간 30분 안에 주파할 수 있다.

시속으로 환산하면 28.13㎞/h이다.

공식대회에서 이런 기록을 세운다면 아마도 모든 마라톤 대회가 폐지될 것이다.

하긴 누가 있어 이런 기록을 깰 수 있겠는가!

기록이란 깨는 것이 맛인데 감히 올려다볼 수도 없을 정도로 까마득하면 시작도 하기 전에 질려 버릴 것이다.

마나를 쓸 수 있는 본연의 몸이 되면 42.195㎞를 주파하는데 대략 10초쯤 걸린다.

그리고 그 속도 그대로 4,000㎞쯤 달릴 수 있다. 5분 정도 쉬면 또다시 같은 속도로, 같은 거리를 달릴 수 있다.

해보지 않아 모르지만 대략 지구를 2바퀴는 돌아야 피곤함을 느낄 것 같다.

다시 말해 80,000㎞쯤 달려야 지친다는 뜻이다.

이는 인간의 한계를 넘어선 것이 아니다. 본인은 그렇지 않다 하지만 이미 신(神)의 반열에 올라선 것이다.

아르센 대륙과 마인트 대륙, 그리고 콰트로 대륙 등에선 현수를 데미갓(Demigod)이라 표현했다.

참고로, 접두사 'Demi'는 '절반 정도'라는 의미이다. 따라서 데미갓은 반신반인(半神半人)이라는 뜻이다.

현수는 여전히 인간이기를 원하는 신인 셈이다.

"자아! 그럼 갑니다."

"에? 에⋯⋯?"

경호책임자는 빠르게 멀어지는 현수를 보곤 입을 딱 벌렸다. 100m 달리기 세계기록 보유자인 우사인 볼트보다 훨씬 빠르게 달리니 어찌 안 그렇겠는가!

현수는 상쾌한 공기를 마시며 달렸다. 정도 된다.

제대로 된 러닝화를 신고, 국제규격 트랙에서 스타트 한다면 100m를 달리는 데 6초 50 정도 걸릴 것이다.

참고로, 현존 세계 기록은 9초 58이다.

남자 200m 달리기의 기록도 우사인 볼트가 가지고 있다. 19초 19이다. 현수는 방금 15초 85로 이 기록을 깼다.

가속도가 붙어서이다.

남자 400m의 기록은 남아공의 웨이드 판니커르그의 43초 03이다. 현수는 이 거리를 29초 80에 달렸다.

평범한 운동화를 신고, 트랙이 아닌 아스팔트 위를 달린 기록이다. 제대로 달리면 어떠하겠는가!

어쨌거나 경호 책임자는 입을 딱 벌린 상태로 현수를 바라보고 있다. 잠시 후, 현수의 신형은 시야에서 사라졌다.

"이런, 세상에……! 와아아……!"

감탄사를 연발하고 있을 때 뒤따르던 경호원들이 다가왔다.

"어? 귀빈은 어디 계신 겁니까?"

"설마? 누가 납치라도……?"

"쓸데없는 소리 하지 말고 여기서 대기!"

책임자의 한마디에 모두의 입이 다물린다.

"가만히 있으면 추우니까 제자리 뛰기라도 해. 아니면 대오를 갖춰 호텔로 되돌아갈까?"

"……!"

잠시 후 대원들은 군가를 부르며 도로 위를 달리고 있다. 그러는 사이에 현수의 신형은 점점 더 멀어졌고, 더 빨라졌다.

종래엔 시속 50㎞ 이상으로 달리기도 했지만 다행히 보는 눈은 없었다.

Chapter 05

—

자기, 어디서 잤어요?

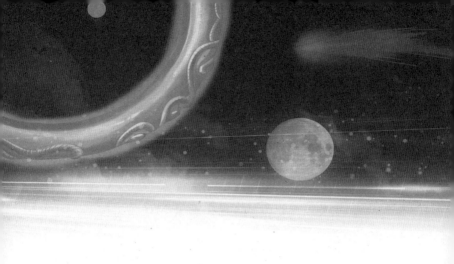

"자기, 아침부터 어디 다녀오셨어요?"

샤워를 마치고 나온 현수를 보고 지윤이 한 말이다.

"응! 아침 운동. 잘 잤어?"

"네! 근데 자기 여기서 안 잤어요?"

"…어! 왜?"

"베개가 말짱하잖아요."

두 개 중 하나는 베개 피에 주름이 져 있지만 하나는 누가 봐도 사용하지 않은 것이다.

"자기 편하게 자라고! 근데 안 씻어? 아침 먹고 바로 출발할 건데."

말 돌리기 신공이 시도되었다.

"씻어야죠. 알았어요."

지윤이 욕실로 들어가자 살짝 안도의 한숨을 쉬었다. 방금 전 지윤의 눈에 서린 의혹을 보았기 때문이다.

간밤에 밀라나 올리비아가 왔고, 둘 중 하나와 어울리느라 옆자리를 비운 것은 아닌가 싶은 눈초리였던 것이다.

아침식사를 마친 일행이 인원점검을 마친 후 호텔 밖으로 나서려 하는데 로비에서 대기하고 있던 주지사 세르게이 레브첸코 일행이 우르르 다가온다.

"안녕히 주무셨습니까?"

"어라? 주지사님이 이 아침에 어떻게 여길…?"

현재는 오전 7시 30분쯤이다. 출근하기엔 다소 이르다. 그런데 모두가 정상 출근한 차림이다.

"하하, 대표님 움직이시는데 당연히 저희가 있어야죠."

"네……?"

마치 졸졸 따라다니겠다는 뉘앙스였다.

"대통령께서 안전하게 다녀오실 수 있도록 조치를 취하라 하셨습니다. 준비해두었으니 이만 출발하시죠."

"네? 아, 네에."

푸틴이 지시를 내린 모양이다.

선의는 선의로 받아들이는 것이 순리이다. 그리고 기왕에 가기로 한 것이므로 주지사를 따라나섰다. 밖에는 어제 이곳까지 데려다주었던 검은 세단들이 주차되어 있었다.

컨보이 임무를 맡은 오토바이도 대기 중이다.

현재 기온은 영하 18℃이다. 그런데 바람이 아주 세다. 하여 체감온도는 대략 영하 25℃쯤으로 느껴진다.

현수에겐 약간 서늘한 날씨지만 지윤을 비롯한 일행에겐 패션 따윈 버리고 옷깃을 여미게 하는 아주 추운 날씨이다.

"으으~! 추버라, 으드드드드!"

밖으로 나온 지윤은 발까지 동동거린다. 지윤만 그런 게 아니라 승무원 전부가 그런다.

시베리아의 11월을 우습게 본 결과이다.

안 그런 사람은 둘뿐이다. 밀라와 올리비아는 제대로 된 방한복 장구를 갖춰 입었다. 어그부츠와 장갑, 그리고 샤프카와 방한 마스크까지 착용하고 있다

두툼한 방한복은 기본이다.

누가 봐도 추워보이는 양복차림이지만 전혀 떨지 않는 존재가 하나 더 있다. 신일호이다.

하긴 추위완 전혀 무관한 휴머노이드이니 영하 20℃가 무슨 상관이 있겠는가!

선두 차량엔 신일호와 공무원들이 탑승하고, 현수와 주지사는 두 번째 차량에 탑승했다.

나머지 인원들이 모두 탑승하자 다시금 긴 행렬이 만들어

졌다. 아직 이른 아침이라 그런지 사방이 고요하며, 교통량은 거의 없었다.

부우우웅—!

"잠자리는 편하셨는지요?"

지윤이 잠들었던 침대엔 15㎝짜리 천연 라텍스 매트리스가 깔려 있었다.

태국이나 말레이시아 같은 열대기후에서 생장하는 고무나무 수액을 라텍스(Latex)라 한다.

이 수액은 불과 몇 시간 만에 응고되므로 방부와 응고 방지를 위해 소량의 암모니아를 가한다. 이후 추가공정을 거쳐 만들어지는 것이 라텍스 매트리스이다.

러시아는 매우 넓은 영토를 가지긴 했지만 불행히도 열대기후인 곳은 단 한 평도 없다.

하여 수입을 해야 사용할 수 있다. 물론 매우 비싸다.

의도치 않게 지윤이 깔고 잔 매트리스는 세르게이 레브첸코 주지사가 사용하려고 수입한 것이다.

허리 디스크 때문이다. 마침 어제 배달되었는데 현수를 위해 기꺼이 양보했던 것이다.

"아! 네에, 좋았습니다."

현수가 쓴 침대는 일반 매트리스였다. 하지만 어찌 지윤의 룸에 머물렀던 것을 티내겠는가!

"제가 좀 좋은 놈을 깔아드렸습니다, 하하하!"

"네? 그게 무슨……?"

"그런 게 있습니다. 오늘 주무실 침대에도 그걸 깔아드릴 테니 이따가 확인해 보십시오."

"……?"

현수는 대체 뭔 소린가 싶은 표정을 지었다.

'폐하! 주지사가 쓰려고 수입한 라텍스 매트리스를 말하려는 것인 모양입니다.'

현수의 궁금증을 해소시켜 주려는 도로시의 음성이었다.

"저는 알혼섬까지 따라가지는 못합니다. 오늘 중요한 회의가 있어서요."

"네, 그러시겠죠. 저희는 신경 쓰지 않으셔도 됩니다. 편하신 대로 하십시오."

"네! 대신 호위 헬기들이 같이 뜰 테니 안전은 걱정하지 않으셔도 될 겁니다."

"안전요? 누가 감히 러시아 영토 내에서 도발을 하겠습니까? 안 그래요?"

바이칼호는 몽골의 수도 울란바토르 북쪽에 위치해 있다. 몽골과의 국경에선 120㎞ 이상 떨어져 있고, 울란바토르로부터는 420㎞ 이상 이격되어 있다.

이미 멸망해서 곤죽이 되어버린 지나의 국경에선 가장 가까운 거리가 700㎞이다.

현수가 가려는 곳은 바이칼호의 끝이 아니라 알혼섬이다.

그럼 더 멀어진다.

몽골 또는 지나의 누군가가 나쁜 마음을 품더라도 러시아의 방어망을 뚫는 것은 지난(至難)한 일이다.

이 시각 현재 이르쿠츠크 벨라야(Белая) 공군기지엔 비상이 걸려 있다. 이곳은 러시아가 극동지역 방어를 목적으로 창설시킨 전략폭격기 사단이 소재한 곳이다.

여기엔 투폴레프(Tu)—95MS와, Tu—22M3이 배치되어 있다. 둘 다 전략폭격기로 분류되는데 평시엔 일본 인근과 동해 상공, 그리고 미국 영토인 하와이 및 괌 인근 상공을 순시하는 임무를 수행하고 있다.

지나가 멸망해버린 지금 현수는 러시아의 침체된 경제를 일으켜 세워줄 거의 유일한 구원투수이다.

따라서 어느 나라든 현수의 신상에 위해를 가하면 거의 멸망에 가까운 보복을 가하려 비상을 걸어둔 것이다.

"그래도 혹시라는 게 있으니 다소 저어되더라도 부디 마음 편히 받아들여 주십시오."

주지사는 본인의 권한으로 전투 헬기 3대를 동행토록 했다. 어디서든 수상한 짓을 하면 선 발포, 후 보고를 지시했다.

"에구, 알겠습니다. 배려에 감사드립니다."

"아이고, 저도 감사합니다. 이처럼 너그러우시니 각하께서도 각별히 모시라는 지시를 하셨나 봅니다."

"끄응~!"

주지사는 어떻게든 현수와 푸틴의 눈에 들고 싶어 안달 났음을 굳이 감추지 않았다.

대화를 하는 동안 헬기들이 계류된 장소에 당도하였다.

"다 왔네요."

"헬기들이 전부 신형인 모양입니다."

"네. 각하께서 이리 하라 지시하셨습니다."

현수가 모스크바를 떠나기 전날 푸틴과 메드베데프가 내린 지시의 결과이다.

"감사한 일이네요. 그리 전해주십시오."

"아이고, 네에. 걱정 마시고 잘 다녀오십시오. 저는 여기까지 모시겠습니다."

"네, 고마웠습니다."

현수와 주지사가 악수를 나누는 장면은 러시아 국영언론사인 TASS통신의 기자가 든 카메라에 찍혔다.

잠시 후 여러 대의 헬기들이 차례로 이륙하였고, 주지사의 말대로 호위 헬기들의 엄호를 받으며 알혼섬으로 이동하였다.

이르쿠츠크로부터 알혼섬 목적지까지는 약 250㎞이다.

차량을 타고 이동하면 한참 가야 하지만 헬기로 가니 1시간 정도 걸렸다. 더 빨리 당도시킬 수도 있었지만 안전을 고려하여 시속 250km/h로 비행한 결과이다.

"가시기 전날 연락 주시면 여기서 대기하겠습니다."

"네, 고생하셨습니다. 감사합니다."

현수가 타고 온 헬기 기장은 현수가 내민 손을 잡으며 감격스럽다는 표정이다. 세계 최고의 부자이며, 푸틴의 귀빈이라는 걸 들어서 알기 때문이다.

"그리고, 이거……!"

"에? 이건 뭐죠?"

얼떨결에 현수가 내민 봉투를 받아 든 기장이 난처하다는 표정을 짓는다. 누가 봐도 돈이 든 봉투이기 때문이다.

"고맙다는 뜻으로 드리는 겁니다."

"네? 아, 아닙니다. 괜찮습니다."

"괜찮긴요. 받으셔도 되는 겁니다."

"아, 아뇨! 지, 진짜 괜찮습니다."

돈을 받았다가 푸틴의 귀에 들어가면 신세를 망치는 것으로 끝나지 않음을 충분히 짐작하기에 얼른 물러선다.

"이건 제가 드리는 감사의 뜻입니다. 대통령이나 주지사님도 뭐라 하지 않을 테니 받으세요."

현수와 기장이 실랑이를 하는 동안 다른 헬기 앞에서도 같은 장면이 연출되고 있었다. 참고로, 각각의 헬기마다 통역이 동석했기에 의사소통엔 아무런 문제가 없다.

"받지 않으시면 되돌아갈 때는 다른 헬기를 탈 겁니다."

"네에…? 그, 그러시면 안 됩니다. 그러시면….'"

굳이 다른 헬기를 타겠다고 고집하면 상부에선 심하게 불쾌하게 했거나 뭔가 문제가 있다고 판단할 것이다.

그러면 또 인생을 종치게 된다. 현수가 보통인 인물이 아니기 때문이다.

"그러니 받으세요. 받으셔도 무탈할 겁니다."

"끄응! 네에. 그, 그럼… 감사합니다. 근데 진짜 이런 걸 받아도 되는지…."

"네, 됩니다. 그러니 아무런 걱정 마세요."

기장은 꼬깃해진 봉투를 받아 안주머니에 넣었다. 그러곤 경례를 한다. 확실한 상급자 예우이다.

"감사합니다. 만나 봬서 영광입니다."

"에고, 영광까지는 뭐…. 아무튼 기장님 덕에 편히 왔네요. 갈 때도 잘 부탁합니다."

"넵. 그거야말로 아무 걱정 안 하셔도 됩니다."

"그래요. 그럼 이만…!"

"넵!"

기장은 절도 있는 동작으로 고개를 끄덕였다.

뒤돌아선 현수는 지윤 등 일행을 확인하고는 예약된 호텔로 갈 버스에 올라탔다.

원래는 바이칼 뷰라는 호텔의 헬리포트를 이용할 생각이었는데 호위헬기 등이 같이 뜨는 바람에 약간 떨어진 곳에 내린 것이다.

버스에 올라 탄 현수 일행이 흔드는 손을 보며 헬기 기장 등은 마주 손을 흔들었다.

그들의 품에는 각기 하나의 봉투가 들려 있다. 모든 봉투에 각기 1만 달러씩 담겨 있다.

　러시아 직장인의 평균 임금은 한화로 약 61만 7,500원이다. 그리고 미화 1만 달러는 한화로 1,175만 7,500원이다.

　이는 러시아 직장인의 19개월 치 급여와 맞먹는다.

　한편, 헬기 조종사는 일반 직장인에 비해 고연봉이다.

　러시아 민간항공의 조종사 월급은 10~15만 루불이지만 헬기 조종사는 이보다 적다.

　그리고, 이르쿠츠크 지역 내에서만 관광 헬기를 조종하는 기장의 급여는 월 7만 루블이다.

　한화로 환산하면 112만 원이다. 따라서 방금 10.5개월치 급여를 단 한 번의 비행으로 받은 것이다.

　"와아아~!"

　조종사들이 환호성을 터뜨릴 때 현수를 모시고 온 기장은 입이 딱 벌어져 있다. 그가 든 봉투에는 미화 2만 달러가 담겨 있었던 것이다.

　세금 한 푼 떼지 않은 21개월 치 월급과 같은 금액이다.

　이 돈이면 모든 빚을 갚을 수 있을 뿐만 아니라 아들과 딸에게 더 많은 혜택을 베풀어줄 수 있다.

　그러고도 아내의 숙원이었던 낡은 집 리모델링도 가능한 돈이다.

　"……! 감사합니다. 정말 감사합니다."

기장의 두 눈에는 맑은 이슬이 맺혔다 사라진다.

명색이 불곰국 가장이다. 남들 앞에서 눈물을 보일 수는 없다는 굳은 의지의 결과이다.

이 사내의 이름은 비탈리 모즈고프이다. 훗날 현수 전용헬기 기장이 될 사람이다.

비탈리는 공군 출신이다. 하여 나라에 대한 충성심이 남달랐다. 그런데 오늘 불과 2만 달러에 충성 대상이 바뀌었다.

군인일 때 모셨던 상관들은 어떻게 하면 한 푼이라도 더 많은 뇌물을 받아 챙길까를 고민하던 족속이다.

대놓고 상납을 요구하기도 했다.

이를 보다 못해 중앙에 부정행위자가 있다는 투서를 보냈다. 그 결과 부대가 깨끗해지기는 했다.

하지만 내부 고발자를 색출하려는 집요한 움직임이 시작되었다.

＊　　　　　＊　　　　　＊

다들 씩씩거리면서 누군지 몰라도 걸리면 반쯤 죽여 놓겠다고 했다. 너무 많은 동료들이 잡혀간 때문이다.

일이 커졌지만 비탈리는 끝까지 시치미를 떼었다. 그들이 잡혀간 것은 본인들이 부정한 일을 한 때문이니 굳이 내가 그랬다고 손을 들어 미움 받을 이유가 없었던 것이다.

그러던 어느 날, 비교적 양심적이던 다른 동료가 집단 린 치(lynch)를 당하는 일이 있었다.

그 결과 심각한 부상을 당해 의병전역을 당했다.

이를 보고 군대에 환멸을 느낀 비탈리는 전역 신청을 했고, 그 신청은 금방 받아들여졌다. 그 후 민간 헬기 조종사 자리 를 찾았지만 취업은 쉽지 않았다.

내부 고발자가 확정되지 않아서 비슷한 시기에 전역한 모두 를 취업 블랙리스트에 올린 결과이다.

비탈리는 가장인지라 가족들을 굶기지 않으려 멀고 먼 이 르쿠츠크까지 와서 관광헬기 조종사가 된 것이다.

그런데 생각보다 재미없다. 천차만별인 관광객들의 비위를 맞춰줘야 하는데 마뜩치 않았던 때문이다.

아무튼 뛰어난 솜씨를 인정받아 귀빈을 모시게 되었다. 그 결과 21개월 치 급여에 해당하는 수고비를 받았다.

누구는 온갖 빌미나 핑계로 돈을 뜯어내려 환장을 했는데 누구는 수고했다고 거금을 쾌척(快擲)한다.

그렇다면 누구를 위해 일하는 것이 좋겠는가!

비탈리는 멀어져 가는 현수의 뒷모습을 눈에 담았다.

일행은 바이칼 뷰 호텔에 나뉘어 투숙했다. 너른 풀밭에 단 층으로 세워진 이 호텔은 목재로 마감된 건물이다.

2열로 조성된 객실 외벽은 알록달록한 색으로 칠해져 있는데 객실을 나서면 바로 맨땅이고, 풀밭이다.

멀지 않은 곳에 호수가 있어 풍광을 제대로 즐길 수 있다.

한국인들의 눈으로 보기엔 너무 허름해서 관광지 호텔이라는 느낌이 들지 않는다. 다닥다닥 붙여 지은 방갈로 같다.

호텔에서 호수까지는 아무것도 없는 허허벌판 모래사장이고 여기저기 약간의 풀들이 자라있다.

호텔은 전체가 비워져 있는 상태라 1인 1실로 배정되었다. 각각의 객실엔 2개의 침대가 있지만 편하게 지내라는 뜻이다.

이곳은 바이칼 호수 주위에서 발생하는 고기압의 영향으로 세계에서 가장 쾌청한 날씨를 가진다.

하여 1년 중 적어도 240일은 구름 한 점 없다. 오늘도 쾌청한 날이라 아주 먼 곳까지 보인다.

여장을 푼 일행은 레스토랑이라 불리지만 누가 봐도 그냥 식당인 곳에 모였다. 그러곤 뷔페식 아침 식사를 했다.

소박하지만 맛은 있었다.

음식의 종류가 그리 많지는 않았지만 배를 채우기엔 충분했다. 아까의 교훈 때문인지 다들 두툼한 옷차림이다.

"식사를 마치신 분들은 자유롭게 관광을 즐기셔도 됩니다. 호텔 밖의 저 차들 보이시죠?"

여러 대의 합승 차량들이 도열해 있다.

UAZ—452은 1958년에 처음 생산되기 시작하여 외부 디자인 변경 없이 현재까지 생산되는 것이다.

몽골에서는 '푸르공'이라 부르지만 러시아에선 '부한카' 또는 '우아직'이라 칭한다.

참고로, 우아직은 '빵덩어리'라는 뜻이다. 생긴 모양새가 자르지 않은 식빵 같아서 생긴 별명이다.

일반적인 승용차가 없는 이유는 이 섬의 모든 도로가 비포장인 때문이다. 환경 때문에 포장이 법령으로 금지되어 있다.

이곳 운전사들은 울퉁불퉁한 흙길을 시속 60~80㎞로 달린다. 일반 승용차로 이렇게 다니면 금방 망가질 것이다.

반면 우아직은 차륜이 높고, 튼튼하다. 비포장도로를 달리기에 안성맞춤인지라 널리 사용되는 것이다.

승무원들은 우아직을 보며 소곤거린다. 한국에서는 볼 수 없는 낡은 디자인이기 때문일 것이다.

"저 차를 이용하여 어디를 다니시든, 무엇을 먹든 모두 마음대로 하십시오. 다만 잠은 이 호텔에서 주무시기 바랍니다."

"네에."

"각각의 차량엔 안내인들이 동승할 겁니다. 그들이 모든 비용을 지불할 테니 마음 놓고 다니셔도 됩니다."

"네에."

"그간 수고해 주신 노고에 대한 작은 보답이니 마음껏 즐겨주십시오."

현수가 말을 마치자 웅성거린다. 어디에서 무엇을 할 건지 상의하는 소리였다.

"지윤 씬 어떻게 할래?"

"저요? 당연히 자기를 따라다녀야죠. 수행비서잖아요."

뭘 당연한 걸 묻느냐는 표정이다. 보아하니 껌딱지처럼 딱 붙어 다닐 생각인 듯하다.

'하아~! 이럼 안 되는데.'

현수는 시선을 돌려 밀리와 올리비아를 바라본다.

"둘은 오늘 일정 어때?"

"에? 저희 일정이요?"

밀라는 잠자다 봉창 두드리는 소리를 들은 듯한 표정이다.

"저희가 따로 일정을 잡을 수 있는 건가요?"

올리비아의 물음이었다.

"그럼! 여기 있는 동안엔 특별한 일이 없으니 뭐든 마음대로 해도 돼. 그러니 가보고 싶은 곳 있으면 가도 돼."

현수의 말을 들은 밀라는 지윤을 슬쩍 살핀다. 불만이 전혀 없는 표정이다. 딱 보니 둘만 다닐 생각인 듯싶다.

"저는 우크라이나 정부가 파견한 대표님의 수행비서 겸 연락관이에요. 그러니 대표님을 수행하겠어요."

"저도요! 벨라루스 정부에서 파견한 수행비서이니 저도 대표님을 따라 다닐래요."

둘은 서로를 바라보곤 고개를 끄덕인다.

현수와 지윤이 단둘이서 오붓한 시간을 보내는 걸 결코 용납할 수 없다는 무언의 의기투합이다.

'끄응! 이럼 안 되는데……'

정령이 눈에 보이지는 않겠지만 그들과 대화하는 자신의 모습은 볼 수 있다. 허공에 대고 이야기하는 걸 보면 조금 이상하다 생각할 수도 있고, 정령들이 꺼려할 수도 있다.

'하아! 난감하네.'

현수는 잠시 생각에 잠겼다. 그 순간 아주 오래전 일이 떠올랐다.

'옳지! 그렇게 하면 되겠군.'

현수는 지윤과 밀라, 그리고 올리비아를 일별했다.

"알혼섬에서 가장 유명한 곳이 어딘지 알아?"

"혹시 부르한 바위 말씀하시는 거예요?"

지윤이 가장 먼저 대꾸했다.

"샤먼들이 기도하는 바위요?"

이번엔 밀라의 말이다.

"어? 거길 알아?"

"그럼요. 원제국을 건국했던 칭기즈칸의 무덤이 있다는 전설이 전해지는 곳이잖아요."

"거기서 보는 저녁놀이 대단히 아름답대."

올리비아가 뒤질 수 없다는 듯 끼어든 말이다.

"에? 지금은 아침인데?"

밀라가 무슨 저녁노을 이야기를 하느냐는 표정을 짓는다.

"노을……? 아! 좋은 생각이야. 도시락 좀 싸달라고 하자."

"네?"

"차 있으니 여기 갔다 되돌아오고, 저기 갔다 이리로 또 오고 하지 말고 쭉 다녀오자는 말이야."

"하루 종일요?"

"그래! 이번 아니면 여길 언제 또 오겠어. 근데 정말 같이 갈 거야? 온종일 차타고 다니면 몹시 피곤할 텐데……."

짐짓 하는 말이다. 어떤 핑계를 대더라고 떨어지지 않을 것이기 때문이다. 그리고 오랫동안 차 타고 다녀서 피곤하다는 말을 듣고 싶지 않아서이다.

"네. 그럼요. 괜찮아요. 자기 말대로 언제 또 오겠어요?"

"당근 말밥이죠."

"두말하면 숨 가쁜 거 아시죠?"

셋 다 의지가 확고하다.

"알았어, 잠시만 기다려."

현수는 레스토랑 지배인에게 가서 도시락을 넉넉하게 싸달라고 했다. 날씨가 쾌청하기는 하지만 춥기 때문에 음식이 싸늘하게 식거나 얼어붙을 수 있다고 한다.

그런데 그게 무슨 상관인가!

한국에선 한겨울에도 빙수를 먹는다. 한 끼쯤 한식(寒食)을 해도 탈나지는 않을 것이다.

부르한 바위는 바이칼호 변에서 마치 반도처럼 툭 튀어 나온 작은 바위 언덕이다. 높이는 약 30m에 불과하지만 신성스러운 곳으로 취급된다.

인근에는 '세르게'라고 불리는 13개의 나무 기둥이 박혀 있다. 신과 인간의 연결고리이며, 샤먼의 13명의 아들을 상징하는 것이다. 아울러, 브리야트족[7]의 정진적인 지주이다.

이것은 한국의 솟대나 성황당(城隍堂)[8]과 같고, 제주도 신당의 신목(神木)의 기능을 한다.

참고로, 신목이란 신령이 나무를 통로로 하여 강림하거나 그것에 머물러 있다고 믿어지는 나무이다.

"동전 있으면 던지면서 소원을 빌어봐. 저기서 파는 오방색천을 사서 묶어도 돼."

"아! 정말요?"

지윤은 듣던 중 반가운 소리라는 듯 동전을 꺼내 든다. 지폐밖에 없던 밀라와 올리비아는 천을 파는 가게로 향했다.

지윤은 동전을 던지고는 뭔가를 비는지 두 손을 가지런히 모으고 고개를 숙인다. 그리고 입술이 달싹였다.

---

7) 브리야트족 : 바이칼호 주변에 자리 잡은 아시아계 소수민족. 인구 40만 정도로 자치공화국을 이뤄 살고 있다. 이들이 간직한 샤머니즘의 원형은 우리 민속과 비슷한 점이 많다

8) 성황당(城隍堂) : 서낭당의 다른 말. 서낭신을 모신 당집이나 제단. 지방에 따라 할미당·천황당·국사당 등으로 불리기도 함. 서낭신은 토지와 마을을 수호하는 신(神)

"이곳에 계신 천지신명께 비나이다, 비나이다! 우리 자기가 저만 사랑하게 해주시길 간절히 비나이다."

아주 작은 소리였지만 현수의 청각은 매우 예민했다. 하여 피식 웃으려는 찰나 지윤이 주머니를 뒤진다.

깜박 잊고 빌지 않은 게 있는지 또 동전을 던진다.

"비나이다, 비나이다. 영험(靈驗)하신 천지신명께 또 비나이다. 우리 자기, 그러니까 남아공 사람 하인스 킴 님의 몸이 건강하도록 잘 보살펴 주시길 비나이다. 그리고 저도 따라서 건강하도록 지켜주시길 비나이다."

눈을 감고 간절한 뜻이 하늘에 전달되기를 바라는 듯 고요히 합장한 채 고개를 주억거린다.

"……!"

현수는 엷은 미소를 지었다. 오랜만에 진심어린 사랑을 받는 기분이 느껴진 때문이다.

잠시 후 밀라와 올리비아가 오방색 천을 색깔별로 사와서 13개의 기둥에 하나씩 묶으며 중얼거렸다.

"하늘에 계신 위대한 신이시여. 저와 하인스 킴 님이 맺어지도록 보살펴 주소서."

"같이 온 남자의 아내가 될 수 있도록 도와주세요."

밀라야 체르노빌을 정화하는 동안 제법 긴 시간 동안 동행을 해서 마음이 기울 수 있다.

각종 요리를 해준 바 있고, 저녁식사 후엔 모닥불을 피워놓고 여러 나라 민요를 나지막하게 불러줬다.

그리고 이런저런 이야기도 해줬다.

뛰어난 요리솜씨, 훌륭한 노래, 그리고 박학다식함을 충분히 파악할 수 있는 시간이었다.

현수는 세계 최고의 부자라는 타이틀이 있고, 선풍적인 인기를 끌고 있는 다이안을 위해 작사 작곡을 해준 예술가이다.

게다가 자상했고, 부드러웠으며, 품위 있고, 친절했다.

아울러 러시아어, 벨라루스어, 우크라이나어, 영어, 한국어 등을 자유자재로 구사하는 언어 천재이다.

키가 작은 것도 아니고, 뚱뚱한 것도 아니며, 대머리나 매부리코도 아니고, 못생기지도 않았다.

게다가 건강하기까지 하다.

뭐 하나 빠지는 구석이 없으니 방심(芳心)이 녹아내리지 않을 수 없었을 것이다. 그래서였는지 본인을 바라보는 시선은 늘 꿀이 뚝뚝 떨어질 것처럼 달달했다.

하여 밀라의 소원은 그럴 수도 있다는 생각을 했다.

지윤이 연인이라는 말을 했지만 사람이 다른 사람을 좋아하거나 사랑하는 것은 막을 수 없는 때문이다.

지윤도 수행비서였다는 말을 들어서 굳이 마음을 접으려 하지 않았기 때문이기도 하다.

반면 올리비아와는 변변함 접점조차 없다. 동행한 시간도 짧고, 개인적인 대화를 나눈 시간은 거의 없다.

그런데 세르게에 오방색 천을 묶으며 비는 소원은 밀라와 큰 차이가 없다. 하여 왜 그런가 싶어 잠시 상념에 잠겼다.

올리비아의 성격은 다소 털털하고 본인과 직접적으로 관련 있는 일이 아니라면 다소 무딘 스타일이다.

정부로부터 하인스 킴의 수행비서 겸 연락관이 되라는 제안을 받았을 때 이를 승낙한 이유는 호기심 때문이다.

처음 만났을 땐 이렇게 젊은 사람이 어떻게 세계 최고의 부자가 되었을까 싶었다.

수행원이라곤 지윤과 신일호, 그리고 밀라뿐이었다.

밀라가 우크라이나 정부가 파견한 연락관이니 지윤과 일호뿐인 셈이다.

엄청난 거부임에도 경호원 숫자가 너무 없어서 놀랐고, 너무 털털해서 더 놀랐으며, 자상함에 또 놀랐다.

가만히 지켜보니 잘 웃고, 유쾌하며, 사려 깊고, 겸손하며, 상냥하다. 그리고 베풀 땐 통 크게 베풀기도 한다. 게다가 키 크고, 건강하며, 잘생기기까지 했다.

어찌 관심이 가지 않겠는가!

Chapter 06

—

Out of sight out of mind

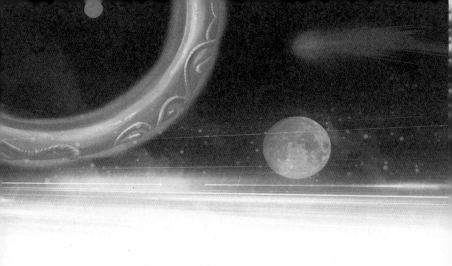

　현수는 동양인 미녀 지윤이 선점했고, 밀라는 틈을 비집고 어떻게든 한자리를 차지하려 함을 감추지 않았다.

　'자원은 유한하나 인간의 욕심은 무한하다'라는 경제학 용어가 있다. 그리고 길가에 무성하게 피어 있는 꽃에는 관심 갖지 않지만 절벽에 피어 있는 것은 어떻게든 가지려 하는 것이 인간의 욕심이다.

　올리비아에게 있어 현수는 아무리 발돋움을 해도 닿을 수 없는 높이에 핀 꽃이다.

　처음엔 너무 높아서 별짓을 다해도 손이 닿지 않을 것이라 생각했는데 지윤을 보면 아닌 것 같다.

그녀도 원래는 천지건설에서 파견한 수행비서였는데 연인으로 발전되었다는 것이 그 증거이다.

전 세계 인구가 70억이라고 하면 그중 절반인 35억 명이 여성이다.

그리고 그 35억 중 오로지 셋만 현수의 곁에 있다.

다시 말해 35억 명 중 현수의 아내가 될 확률이 가장 높은 셋이라는 뜻이다.

컴퓨터 운영체계 중 하나인 윈도우를 개발해낸 마이크로소프트의 회장 빌 게이츠는 한때 세계 최고의 부자였다.

그리고 그의 아내 멀린다 게이츠는 그 회사 직원이었다.

한 사람은 시애틀에 있고, 다른 한 사람이 플로리다에 있었다면 둘이 맺어졌을까?

아마도 평생 존재조차 모르는 사이로 지냈을 것이다.

멀린다는 마이크로소프트의 선임 프로그래머였고, 빌 게이츠의 눈에 자주 뜨이는 곳에서 근무했다.

그러다보니 애정이 싹터서 결혼에 이른 것이다.

속담 중에 'Out of sight, out of mind'가 있다. 직역하면 '눈에서 멀어지면 마음도 멀어진다.'이다.

의역을 하면 '안 보는 시간이 길어지면 잊혀지게 된다.' 정도가 되겠다. 이 말을 뒤집으면 다음과 같다.

'가까이 지내면 마음에 들 확률이 매우 높다.'

현재는 지윤이 가장 가깝다. 연인으로 발전되었다고는 하지만 아직 결혼식을 올린 것은 아니다.

　쌀을 씻기는 했으나, 아직 밥이 되지 않은 것이다.

　우크라이나의 미녀 밀라 유리첸코도 밥이 되고 싶어 하지만 본인에게도 기회는 올 것이다.

　뛰어난 두뇌와 미모, 그리고 몸매와 배경까지 갖추고 있으니 뭐 하나 꿀릴 이유가 없다.

　이런 생각을 하는 동안 저도 모르게 현수에게 끌렸다. 인식도 못하는 사이에 매혹당한 것이다.

　지질한 모태 솔로에게 절세 미녀가 환한 웃음을 지어보이면 순식간에 손자 손녀까지 보는 생각을 하게 마련이다.

　올리비아가 그러하다. 지질한 모태 솔로가 아니라 선망의 대상이라는 뜻이다.

　학창시절 내내 자타가 인정하는 퀸으로 살아왔지만 지금껏 연애 한 번 못 해봤다.

　너무나 예뻐서 사내들로 하여금 '내가 감히 저렇게 예쁜 올리비아를…?' 이라는 생각과 '저렇게 예쁘니 나보다 훨씬 잘난 누군가와 이루어져야 한다.' 는 생각을 갖게 만든 결과이다.

　어쨌든 올리비아는 모태 솔로이다. 그리고 눈앞에 너무나 멋진 사내가 등장했다.

　그런데 쟁쟁한 경쟁 상대가 둘이나 있다.

마치 절벽 위에 핀 꽃 같이 느껴지는 상황이다. 그러니 더 갖고 싶어졌다.

그 결과는 지독한 연모의 늪이다.

현수라는 사내에게 빠져서 허우적대는 상황인 것이다. 그렇기에 현수와 이루어지기를 갈망하는 기원을 올린 것이다.

여하튼 기회가 생기려면 가급적 바싹 붙어 있어야 한다. 하여 기도를 마치곤 곧장 현수의 곁으로 왔다.

"다 했어?"

"네에."

"그럼 이제 부르한 바위로 가볼까?"

"거기에 칭기즈칸의 무덤이 있다는 전설이 있던데 사실일까요?"

"아니! 거기 없어."

"에? 그걸 어떻게 아세요?"

"칭기즈칸의 무덤은 다른 곳에 있거든."

"어머! 그래요? 그럼 거긴 어디죠?"

"몽골의 수도 울란바토르 동북쪽에 있는 컨티산맥 속 부르한산(不兒罕山)의 기련곡(起輦谷) 안쪽에 있어."

부르한산 일대는 칭기즈칸이 태어나 청년 시절을 보냈던 곳으로 몽골 사람들이 신성시하는 성산(聖山)이다.

"에? 그걸 어떻게 아세요? 어제 검색해 보았는데 칭기즈칸의 무덤은 아직 찾지 못했다고 하던데요."

"그래? 근데 거기에 있어."

현수의 말은 사실이다.

칭기즈칸은 서하(西夏) 원정을 벌이던 1227년에 병사(病死)했다. 현재 회족자치구라 불리는 곳이다. 이곳은 내몽골자치구와 감숙성, 섬서성으로 둘러싸인 곳이다.

칭기즈칸이 사망한 곳으로부터 무덤까지는 직선거리로 무려 1,450㎞나 떨어져 있다.

여름이고 너무도 먼 거리인지라 시신 부패가 우려되었다.

하여 소금가마니 안에 시신을 넣어 옮겼고, 봉분 없는 평장으로 무덤을 만들었다. 훗날의 도굴꾼을 염려하여 무덤의 위치를 감추기 위함이다.

이 무덤은 2267년 여름에 드러난다.

몽골 전체가 이실리프 왕국에 편입된 후 적절한 개발을 위한 조사가 실시되었다. 어느 곳에 어떤 자원이 어느 정도나 묻혀 있는지 등에 관한 조사이다.

2016년 현재, 해양 유전을 개발하기 위해 수백 개의 시추공을 뚫으면 그중 몇 개에서만 석유가 나온다.

그 시추공 하나를 뚫는 데 약 400~600억 원의 비용이 소요된다. 100개를 뚫고 그중 하나만 성공하면 4조~6조 원이 투자되었다는 뜻이다.

하지만 미래엔 다르다. 자원 개발의 손쉬운 개발을 위한 지각투시기(地殼透視機)가 개발되는 때문이다.

땅거죽을 뜻하는 지각은 두 가지가 있다.

대륙지각과 해양지각인데 대륙 쪽 두께는 약 35㎞이고, 해양지각의 평균 두께는 약 5㎞에 이른다.

옛 소비에트 연방 북쪽에 위치한 콜라(Kola)반도 페첸스키 구에는 인간이 뚫은 가장 깊은 구멍이 존재한다.

드릴 장비를 이용하여 24년간 굴착하였고, 1994년에 작업이 중단되었다. 이 구멍의 깊이는 12.262㎞이다.

이실리프 왕국에서 개발한 지각투시기는 지하자원을 확인하기 위해 개발된 것이다.

이것을 이용하면 지하 20㎞까지 확인 가능하다. 이것은 육지에서의 깊이이고, 바다에선 해수면으로부터 16㎞ 깊이까지 가능하다.

세계에서 제일 깊은 마리아나 해구는 북태평양 서쪽 대양저에 위치한 해저 해구로 그 깊이는 11.034㎞이다.

해양지각의 두께가 5㎞이니 세상에서 가장 깊은 바다 아래쪽에 무엇이 있는지 확인 가능한 것이다.

이실리프 왕국은 이 장치로 필요한 자원의 위치 및 매장량을 측정하는 데 사용했다.

현수는 정령들로 하여금 자원의 위치를 이동시키게 한 후 손쉽게 필요한 만큼을 채굴하여 사용하곤 했다.

현수의 손길이 미치지 못하는 곳엔 일꾼 로봇을 투입하였는데 이때에도 가장 신속하면서도 효율적이고 경제적인 방법을 사용하도록 했다.

어쨌거나 지각투시기로 이곳저곳을 살피던 중 상당한 부장품과 함께 매장되어 있는 칭기즈칸의 무덤을 발견하였다.

모조리 발굴토록 했지만 큰 쓸모가 있는 것들은 없었다.

금은보화가 많았지만 현수의 아공간에 담긴 것의 1만 분의 1에도 미치지 못할 정도였던 것이다.

사료(史料)는 될 수 있었지만 이때는 몽골 전체가 이실리프 제국의 영토이던 때이다.

다시 말해 칭기즈칸의 유물이 별로 특별하지 않았다는 뜻이다. 하여 역사학자들에게 넘기는 것으로 끝냈다.

어쨌든 칭기즈칸은 한 시대를 풍미(風靡)했던 인물이다.

그렇기에 이실리프 왕국 국영언론사인 진설일보(眞說日報)에서 비중 있는 뉴스로 다룬 바 있다.

참고로, 진설이란 '진실만을 말한다' 는 뜻이다.

진설일보 소속 기자 및 보도 라인은 타 직종에 비해 3배 가까운 급여를 받아서 선망하던 직장이다.

대신 청렴과 진실만을 보도할 것을 요구받았다.

만일 이를 어기고 거짓되거나 조작된 뉴스를 보도하게 되면 반드시 모진 형벌을 받았다.

그리고 영원히 언론계에 발을 붙일 수 없게 되었다.

다음은 이실리프 왕국 법전의 기레기 처벌법 중 일부이다.

① 언론인이 가짜 뉴스, 혹은 진실을 왜곡하여 보도하면 본인의 전 재산을 몰수함과 동시에 10년 이상의 중노동 징역형에 처한다.

② 기레기 처벌법으로 수감된 자는 어떠한 이유로도 감형되지 않으며, 가석방과 사면(赦免) 대상에서 제외된다.

③ 중노동의 종류는 죄질의 경중에 따라 결정되는데 1일 10시간 이상 노동을 해야 의식주를 제공한다.

④ 수감기간 동안 제공되는 의식주는 모두 수형자가 부담하는데 중노동으로 발생된 수익에서 차감한다.

⑤ 특히 초대 황제와 관련된 가짜 뉴스 또는 왜곡 보도는 최하 20년 이상 중노동징역형에 처하며, 형기를 마치면 그 즉시 국외로 추방한다.

프랑스의 제18대 대통령이었던 샤를 앙드레 조제프 마리 드골은 나치 독일에 의해 프랑스가 점령당한 기간 동안 그들에게 협력했던 언론인을 처벌함으로써 잘못을 심판했다.

이는 개인에 대한 심판이었다.

나치에 협력했던 694종의 신문 또는 잡지가 폐간되었고, 재산이 몰수되었다.

당시 한 언론인이 '나는 아무 말도 안 했다'라고 항변했는데 드골은 '그것이 바로 죄이다'라고 일갈했다는 일화가 있다.

언론은 권력 앞에서도 당당하게 'NO!'를 외칠 수 있어야 하고, 잘못된 것이 있다면 이를 바로잡을 수 있도록 지속적으로 비판하고, 감시해야 한다.

그런데 누군가의 안위와 이득을 위해 마땅히 보도해야 할 것을 침묵으로 일관하거나, 가짜 뉴스 또는 내용을 왜곡하여 보도한다면 어떻게 되겠는가!

드골은 언론이 건강해야 한다고 생각하였다.

하여 상당히 많은 언론인들을 처형했다. 아울러 나치 협력자의 정계진출 불가와 피선거권을 박탈했다.

총 12만 7,751명이 재판을 받았는데 약 6,760명에게 사형을 선고했고, 이중 760여 명은 즉시 집행했다.

그리고 재판 없이 약 10만 명을 처형했다. 이에 프랑스 국민들은 드골을 찬양한 바 있다.

한국도 이랬어야 한다.

잡히는 족족 전 재산을 몰수한 후 사형집행으로 처벌 후 후손들의 정계진출 등을 영원히 막았어야 한다.

그런데 초대 대통령을 맡았던 이승만은 그러지 않았다. 오히려 친일파들을 중용하는 범죄를 저질렀다.

그 결과 해방되고 71년이나 지났음에도 친일파들이 정계, 학계, 언론계, 법조계, 경제계 등을 주름잡고 있었던 것이다.

이후의 일본군 장교를 지낸 놈이 대통령을 맡았으니 친일파 처벌은 전혀 기대할 수 없는 일이 되어버렸다.

하지만 이제는 끝났다.

현수에 의해 처벌받아 영혼까지 말살되었고, 후손들은 다시는 주류(主流)에 편입되지 못한다.

지금껏 떵떵거리고 살았겠지만 앞으로는 어떠한 노력을 해도 사회 빈민층에서 벗어나기 어려울 것이다.

현수가 장악한 상장사는 물론이고, 그와 연결된 협력업체 전부에서 배척되거나 거절될 것이기 때문이다.

아울러 국민들이 낸 세금으로 시행되는 국민복지사업의 대상자가 되는 것도 어려울 것이다.

도로시가 계속해서 전산에서 누락시킬 것이기 때문이다.

그리고 얼마 지나지 않아 대(代)가 끊길 것이다.

아직 드러나지 않은 친일파 또는 친일파의 후손이 있다면 반드시 처벌받게 될 것이다.

도로시가 5,100만 명에 이르던 대한민국 국민 모두와 해외 동포들의 행적까지 추적하고 있기 때문이다.

조사가 끝나 친일파 또는 그의 후손이라는 결론이 나면 그때부터 보복이 시작될 것이다.

어쨌거나 이실리프 왕국에서 국영 언론사를 운영했던 것은 입맛에 맞는 뉴스만 보도하기 위함이 아니었다.

평균보다 훨씬 많은 급여를 지급하는 것은 오로지 진실만을 보도하여 나라가 올바른 방향으로 나아갈 수 있는 방향

타(方向舵) 역할을 하라는 뜻이었다.

사설언론은 엄히 금지시켰는데 사주 또는 자신들과 뜻을 같이하는 무리의 이익을 도모할 수밖에 없기 때문이다.

하여 허가받지 않은 언론활동을 하다 적발되면 기레기에 준해 다스렸다. 걸리면 최하가 10년 이상의 중노동징역형이고, 전 재산 몰수였던 것이다.

*   *   *

"확실해요?"

"그래, 칭기즈칸에 대한 사료들을 보면 그곳에 무덤이 있음을 알 수 있을 거야."

"근데 왜 발굴을 안 해요?"

"부르한산의 면적이 얼마나 되는지 알아? 그 넓은 산을 다 파볼 수는 없잖아."

"그야 그렇지만…. 아무튼 그래요."

대화를 하는 동안 우아직은 샤먼의 바위라 불리는 부르한 바위 인근에 당도했다.

"설마…, 저거예요?"

올리비아는 아니라는 대답을 기다리는 듯한 표정이다.

"맞아! 부르한 바위. 생각보다 작지?"

"네! 그러네요."

아주 솔직한 대답이다.

"나도 그렇게 생각해. 가까이 가볼까?"

대화를 하며 하차를 했고, 느린 걸음으로 걸으며 주변 풍광을 시야에 담았다.

'실라페!'

'네에.'

'엔다이론은 제일 깊은 곳에 있을 거야. 아직 못 찾았어?'

'네! 근데 이제 금방 찾을 거 같아요.'

'…으음! 그래.'

'금방 데리고 올 게요. 잠시만 기다려주세요.'

실라페와 대화를 마친 현수는 도로시를 호출했다.

'지시한 거 얼른 하라고 해.'

'네!'

부르한 바위까지는 평지인지라 금방 당도했다.

"와아! 경치 좋아요."

지윤은 휴대폰을 꺼내 연신 부르한 바위를 담는다. 밀라와 올리비아 역시 마찬가지이다.

같은 시각, 현수는 부르한 바위로부터 약 30m쯤 떨어진 얕은 물속을 들여다보고 있다.

'흐음! 여기 있군.'

작은 조약돌 사이에서 반짝이는 붉은 돌을 꺼내 들어 햇빛에 비춰본다.

불순물이 거의 없는 최상급 루비가 분명하다. 크기는 대략 6캐럿 정도이다. 보석 1캐럿(Carat)이 질량 200㎎이니 6캐럿이면 1.2g이라는 뜻이다.

  현수가 주워 든 것은 루비 중에서도 최상급인 피죤 블러드 레드 색상이며, 투명도 또한 최상급이다.

  상등품이 1캐럿당 2,000만 원 정도라니 적어도 1억 2,000만 원은 한다는 뜻이다.

  드워프 커팅 후 연마까지 마친 것이니 세팅만 하면 된다. 다시 말해 반지를 만드느라 잘려나갈 것이 없다는 뜻이다.

  "어! 그건 뭐예요?"

  어느새 다가온 지윤의 물음이다.

  "응? 이거…? 여기서 주웠어. 근데 이거 보석 같지 않아? 빨간색 보석이면 이거 혹시 루비가 아닐까?"

  "네에? 루비요? 알이 그렇게 큰데요?"

  부르한 바위는 바이칼호 관광에서 빼놓을 수 없는 명승지로 꼽힌다. 당연히 수많은 사람들이 오갔던 관광지이다.

  그런 관광지의 야트막한 물가에서 보기에도 범상치 않은 보석을 주웠다고 하면 누가 믿겠는가!

  "봐봐, 불순물도 거의 없어. 그리고 이걸 보면 인위적으로 커팅한 거 같지 않아?"

  "어머! 정말 그러네요. 근데 루비가 이만하면 가격이 비싸지 않을까요?"

"잠깐만⋯⋯."

현수는 휴대폰을 꺼내 루비 사진을 검색했고, 내친김에 가격도 알아봤다. 그러는 동안 도로시로부터 시세에 대한 이야기를 들을 수 있었다.

고품질 루비는 대부분 작아서 3캐럿 이상이 산출되는 일이 흔하지 않다. 그 희소성 때문에 일등급 루비는 무색 다이아몬드보다 높은 가격에 거래된다고 한다.

현수가 들고 있는 것은 일등급을 넘은 특등급 중에서도 최상등품이다.

도로시는 국제 보석경매의 양대 산맥인 소더비(Sotheby's)와 크리스티(Christie's)에 내놓는다면 최하 3억 원에 낙찰될 것이라 전망했다.

하지만 이걸 어찌 말할 것인가!

"이거 루비 맞는 거 같은데? 그리고 가격은 1억 원이 넘을 거 같아. 상등품이 1캐럿 당 2,000만 원을 넘는다고 하니."

"어머! 정말요?"

지윤의 눈이 반짝인다. 보석이 탐나서가 아니라 1억이 넘는 걸 주웠기 때문이다.

"이거 줄까?"

"네⋯? 아뇨, 저도 찾아볼래요."

"싫어?"

"싫은 건 아니지만 그래도 자기가 찾은 거잖아요."

"그래? 그럼 알았어,"

현수는 개의치 않는다는 듯 루비를 주머니에 넣었다.

'도로시! 이 근처에 보석 몇 개 던져 넣었대?'

'열일곱 개요.'

'헐! 뭘 그리 많이 넣었대?'

'승무원들이 곧 당도할 것이라 그랬대요.'

'알았어.'

짧은 대화를 하는 동안 지윤은 호숫가에 쪼그려 앉아 물 속을 들여다보느라 여념이 없다.

"미스 킴! 뭐 찾아요?"

어느새 다가온 밀라와 올리비아였다.

"여기서 보석을 주우셨대. 자기, 한번 보여줘요."

"응? 그래."

주머니 속의 루비를 꺼내 들자 올리비아가 냉큼 다가선다.

"와아! 이거 루비예요. 알도 엄청 크네요."

"루비 맞아?"

"네! 확실해요. 얼마 전에 루비 반지를 샀거든요."

말하며 손을 내미는데 반지를 끼고 있다. 붉은 보석이 박혀 있는데 현수가 보여준 것보다 훨씬 작은 것이다.

하긴 0.5캐럿과 6캐럿이니 확실하게 차이 난다.

"어머! 정말? 그럼 나도 찾을래요."

밀라가 호수 쪽으로 몸을 돌리려는 찰라 지윤의 입에서 환호성이 터져 나온다.

"꺄아아! 나도 찾았다. 찾았어!"

산삼을 발견한 심마니가 외치는 소리처럼 컸다. 비명 비슷하게 시작된 말이니 모두의 시선이 쏠린다.

"뭐예요? 뭐? 뭘 찾았어요?"

"이거, 이거요! 이거 혹시 에메랄드 아니에요?"

지윤의 손에 초록 빛깔 영롱한 보석이 들려 있다. 이것 역시 6캐럿 정도이다.

도로시의 지시를 받은 신일호가 찾기 쉬우라고 알이 크면서 색깔이 있는 것만 골라서 던져 넣은 것이다.

"어디 봐요. 보여줘요, 보여줘!"

후다닥 달려간 밀라는 눈빛을 반짝였다.

"어머! 어머머! 이거 진짜 에메랄드 같아요."

원석이 아닌 것은 분명하다. 일정한 각도로 커팅되어 있음을 한눈에 알 수 있었던 것이다.

"어머! 이거 원석 아니네요. 커팅된 거예요. 그럼 에메랄드가 맞을 거예요."

올리비아까지 가세하자 지윤은 흥분을 감출 수 없는 듯 상기된 표정으로 쪼르르 달려와 보석을 건넨다.

"이건 자기가 보관해요. 난 또 있나 찾아볼래요."

"응? 그, 그래!"

현수가 대답을 마치기도 전에 다시 호숫가로 달려간다.

밀라와 올리비아 역시 물속을 뚫어져라 바라보면서 잔돌들을 이리저리 뒤적인다.

"여기 무슨 일 있어요?"

한 무리의 승무원들이 다가왔다.

"저기 저기에서 방금 루비랑 에메랄드를 찾았어요."

"네에? 보석을요…?"

"맞아요."

"어라? 여긴 보석이 나올 데가 아닌데?"

"맞아요! 근데 진짜 보석을 찾은 거예요?"

승무원들의 시선이 현수에게 쏠린다.

"옛날에 말이에요…"

현수가 입을 열자 승무원들의 시선이 집중된다.

1917년 2월, 제1차 세계대전 중 제정러시아에서 혁명이 일어나 로마노프 왕조가 붕괴되고 말았다.

그리고 10월이 되자 볼셰비키 혁명이 일어났다. 블라디미르 레닌이 이끄는 공산주의 혁명이 일어난 것이다.

러시아 혁명의 두 번째 단계였다.

정권을 잡은 소비에트 정부는 제정러시아의 부활을 목표로 하는 백군과 전쟁을 시작하였다.

이때의 백군은 알렉산더 콜차크(Alexander Kolchak) 제독의 지휘 하에 옴스크[9]라는 도시를 거점으로 혁명군인 적군과 격

9) 옴스크(Omsk) : 러시아 연방 중서부에 있는 주. 이르티슈(Irtysh)강 중류 유역에 있음

렬한 싸움을 벌였다.

그러다 1919년 11월에 마침내 퇴각하고 말았다.

유럽은 전쟁 중이었고, 모스크바 등지는 혁명군이 장악했다. 백군이 도망갈 곳이라곤 적군의 손이 미치지 않는 동쪽 끝 태평양 연안뿐이었다.

이때 남은 백군 병사는 약 50만 명이었는데 귀족과 병사의 식솔 등이 따라왔기에 총 인원은 125만 명이나 되었다.

이중 여자와 아이들만 약 25만 명이다.

이들은 제정러시아를 부활시키기 위한 군자금으로 약 500톤에 이르는 로마노프 금화와 각종 재보를 지니고 있었다.

그런데 11월의 시베리아는 몹시 춥다.

매일 영하 20℃ 아래로 온도가 내려갔고, 살을 에일 듯한 삭풍과 더불어 눈보라가 사정없이 뿌려졌다.

숨을 내뱉으면 얼음이 얼었고, 폐부에 서리가 맺혀 숨쉬기조차 힘들 지경이었다.

눈물을 흘리면 그 즉시 고드름이 맺히기에 울고 싶어도 울 수 없었다.

여자와 아이들이 많은데다 짐도 만만치 않았기에 행렬의 이동 속도는 매우 느렸다.

가는 동안 동사(凍死)하는 이들이 속출했고, 지치거나 병에 걸려 움직이지 못하면 그냥 버리고 이동했다.

대를 위해 소를 희생시킨 것이다.

이후로도 인원은 계속해서 줄어들었다. 그런 그들의 앞에 바이칼호가 나타났다.

약 3m 두께로 꽝꽝 얼어붙은 얼음 위로 가면 건너편까지 80㎞ 정도지만 둘러서 가려면 400㎞ 이상을 걸어야 한다.

날은 춥고, 연료는 바닥났으며, 수레를 끌던 말도 죽어갔다. 500톤의 금화는 지긋지긋한 짐일 뿐이었다.

어떤 선택을 했겠는가!

사람들은 바이칼호를 횡단하기로 결정했다. 이때 남은 인원은 겨우 25만 명이었다. 100만 명이나 죽어갔던 것이다.

지친 몸을 이끌고 바이칼호의 얼음 위를 행군하던 무리는 완전 거지꼴이었다.

춥고, 배가 고팠으며, 졸렸고, 고통스러웠다. 그런 그들을 덮친 건 영하 70℃라는 혹한이었다.

우리말 속담에 '엎친 데 덮친다'는 말이 있다. 한자어로는 설상가상(雪上加霜)이라 한다.

가뜩이나 힘겨운데 감당하기 힘든 추위까지 닥친 것이다.

눈보라를 동반한 세찬 칼바람은 이들 25만 명을 차례로 저승의 고혼으로 만들었지만 이를 아는 사람은 없었다. 얼어붙은 호수 위에 얼어붙은 시체만 있었기 때문이다.

그렇게 백군의 나머지가 스러져 갔다.

새봄이 되어 눈이 녹을 무렵 호수의 얼음도 녹았다.

그 위에 얼어붙어 있던 25만에 이르는 동사자 시신과 그들의 짐은 바이칼 호수 아래로 가라앉아 버렸다.

"그때 빠진 것들 아닐까 싶어요."

현수의 이야기를 들은 승무원들은 눈빛을 반짝였다.

시신이 가라앉은 곳은 깊이 1,600m쯤 되는 곳이다. 이들이 소지하고 있던 금은보화 역시 비슷한 곳에 잠겨 있다.

이 정도 깊이면 대류현상(對流現象)이 빚어지지 않는다.

물이 대류현상을 일으키는 원인은 온도에 따라 비중이 달라지기 때문이다.

또한 물은 전도율(傳導率)이 낮기 때문에 서로 다른 온도의 물은 잘 섞이지 않기 때문이기도 하다.

하여 표층 수온(水溫)이 낮은 물은 아래로 가라앉고, 온도가 높은 물은 수면으로 떠오르게 된다.

이런 대류현상은 표면으로부터 수심 100~200m까지만 일어난다. 그 아래의 물은 햇볕도 들지 않으므로 수온이 늘 일정하게 유지된다.

따라서 깊숙한 곳에 가라앉아 있는 백군들의 금은보화는 호숫가에 나타날 수가 없다.

큰 물고기가 물어서 옮기는 것을 상상할 수는 있겠다.

하지만 어류는 일정 수심에서만 서식할 뿐 일정 깊이 이상으로 내려가는 일이 거의 없다.

이는 압력 때문이다.

수심이 10m씩 깊어질 때마다 압력은 1기압씩 늘어난다. 따라서 1,600m라면 160+1해서 161기압이다.

잠수함을 소재로 한 영화 '크림슨 타이드'에 등장하는 것은 미국의 오하이오급 전략잠수함이다.

이것의 최대 잠항심도는 약 300m이다.

티타늄 선체를 채용하여 세계의 군용원잠 중 가장 깊이 잠수할 수 있는 것은 러시아의 시에라—II급이다.

약 700m까지 잠수 가능하다.

미국 잠수함 중 가장 깊이 잠수할 수 있는 건 최신에 잠수함인 시울프급으로 500m 정도이다.

철판으로 둘러싸인 잠수함이 이럴진대 물고기가 어찌 1,600m 깊이까지 내려가 보석을 물어올 수 있겠는가!

따라서 방금 한 설명은 완전한 궤변이다.

그럼에도 승무원들의 눈빛은 반짝인다. 재수 좋으면 보석을 주을 수 있으니 어찌 안 그렇겠는가!

게다가 현수의 손에는 약 6캐럿짜리 루비가 들려 있다. 증거까지 있으니 우르르 호수로 달려간다.

그때 외마디 비명이 있었다.

Chapter 07
—
다시 만난 엔다이론

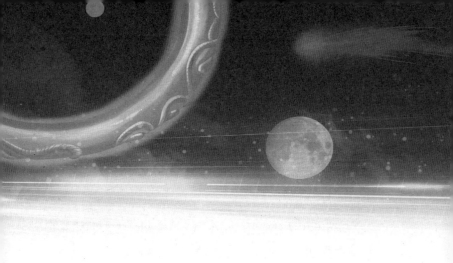

"아악! 찾았다. 찾았어!"

외마디 비명처럼 소리를 지른 건 올리비아다.

그녀의 손에는 파란색 사파이어가 들려 있다. 이것 역시 6캐
럿 정도이다.

승무원들의 걸음은 더 빨라졌다. 그때부터 현수에게 시선
을 주거나 관심을 가진 사람은 없었다.

'이제 가시면 됩니다.'

'그래.'

현수는 빠른 걸음으로 움직였다. 부르한 바위로부터 약
500m 떨어진 곳으로 사람들의 시선이 미치기 힘든 곳이다.

'실라페!'

'네! 왕이시여.'

'물안개 일으킬 수 있어?'

'얼마든지요.'

'그럼 이 주변에 일으켜 줘.'

'네! 잠시만요.'

말 떨어지기 무섭게 물안개가 자욱하게 피어오르기 시작했다. 현수가 있는 곳을 중심으로 약 200~300m 정도가 안개에 휩싸였다. 가시거리는 약 5m 정도였다.

'이제 엔다이론 좀 불러줄래?'

'잠시만요.'

실라페가 사라지고 얼마 지나지 않아 자욱했던 안개가 더욱 자욱해졌다. 물의 정령이 등장한 것이다.

하여 구름 속에 있는 듯 축축함이 느껴진다.

"?? ????? ?? ? ? ? ?? ????"

'너는 누구냐? 내게 너의 정체를 밝혀라.' 라는 뜻을 가진 정령어이다.

'왕이신가요? 저는 물의 상급 정령 엔다이론이에요.'

엔다이론은 신장 170㎝이며, 신화에 등장하는 여신처럼 아름다웠는데 푸른 빛깔이 감도는 금발이다.

"나는 왕들을 다스리는 존재이니라."

"네에? 와, 왕들을 다스리신다고요?"

몹시 놀란 듯 한 발짝 물러서기까지 한다.

"그러하다."

"어, 어떻게……? 말도 안 돼요."

엔다이론은 고개를 들어 현수는 바라보며 말을 잇는다.

"이, 인간이시잖아요."

"너는 정령어를 하는 인간을 본 적이 있느냐?"

"네? 아, 아뇨! 그, 그건 아닌데……. 하아! 이상하네?"

엔다이론의 반응은 실라페와 처음 조우했을 때와 완벽한 판박이였다.

할 수 없이 그때처럼 말을 이을 수밖에 없었다.

"나는 엘레이아를 다스리는 존재이니라."

위엄 넘치는 정령왕의 언어였다.

"와, 왕께서 존재하신단 말씀이세요?"

엔다이론이 고개를 갸웃거린다. 자신은 지구에서 가장 높은 등급인 존재이다.

인류가 발전하기 시작하면서 마나가 고갈되어 갔다. 위기를 느낀 엔다이론은 지구의 모든 곳을 샅샅이 뒤졌다.

그중 가장 마나 농도가 진한 바이칼호 깊은 곳에 머물러 있으며 때를 기다렸다.

따라서 자신보다 격이 높은 물의 정령은 없어야 한다.

그런데 물의 정령왕 엘레이아가 존재할 뿐만 아니라 그를 다스리는 더 높은 격의 존재라니 어안이 벙벙한 것이다.

실라페는 방사능 때문에 심각한 문제가 있었지만 엔다이론은 전혀 아니다.

사람으로 치면 지극히 이성적인 상태인 것이다.

뭔가 이상하다 싶어 현수를 바라보았다. 그 순간 느낄 수 있었다. 아주 진한 마나와 정령력, 그리고 신력까지 풍긴다.

분명한 인간인데 이상한 일이다.

"호, 혹시 정령신이신지요?"

"정령신…? 한때는 그에 걸맞은 능력이 있었지. 하지만 현재는 봉인한 상태이니라."

"아아!"

이해가 된다는 듯 고개를 끄덕인다.

현수의 몸 안에 마나와 정령력 등이 가득 차 있음을 느낄 수 있었기 때문이다.

풍선에 바람이 가득 불어넣으면 아주 조금씩 배어나온다. 하여 오랜 시간이 흐르면 구멍이 없음에도 쪼그라든다.

엔다이론은 아주 미약하지만 현수의 몸으로부터 새어나오는 순수한 기운을 느낀 것이다.

"네 도움이 필요해서 왔느니라. 나를 따르겠느냐?"

"정령왕의 언어로 말씀하시는데 제가 어찌 따르지 않겠사옵니까? 말씀만 하시옵소서. 무엇이든 하겠나이다."

"그래. 그래."

현수는 고개를 끄덕이며 흡족한 표정을 지었다.

"신일호!"

"네! 폐하."

신일호가 다가오자 엔다이론의 아미가 찌푸려진다. 지금껏 경험하지 못했던 일이 일어나고 있는 때문이다.

생긴 건 사람이지만 생명체가 아니다. 생명력이 전혀 느껴지지 않음에도 말을 하고, 움직이기까지 한다.

"아공간에 마나석 있지?"

현수가 이곳에 처음 온 후 휴먼하트가 휴면에 들어갈 것이라는 보고를 받았을 때 황급히 꺼냈던 것이다.

"네. 드릴까요?"

"그래!"

신일호는 작은 주머니 하나를 건넸다. 이실리프 제국 황제 문장이 수놓아진 것이다.

주머니를 열자 짙은 마나향이 뿜어진다. 실라페와 엔다이론의 눈이 대번에 커진다.

"자! 하나씩 줄게."

현수는 실라페와 엔다이론에게 각각 하나의 마나석을 주었다. 둘 다 최상급이며, 골드 드래곤 켈레모라니의 비늘에 새겨진 정제마법으로 순화시킨 것이다.

"아아! 왕이시셔! 감사하고 또 감사하나이다."

엔다이론이 먼저 마나석 위에 올라앉았고, 실라페도 마찬가지이다.

"방법은 알지?"

마나를 받아들여 정령력으로 치환하는 것을 뜻하는 말이다.

"그럼요!"

"좋아! 다 끝나면 둘 다 날 찾아와. 올 때까지 이 섬에 있을 테니. 마나석은 재사용이 가능하니까 챙겨오고."

"……!"

둘은 대답 대신 고개만 끄덕였다. 말할 시간조차 아까운 것이다. 마나석에 담긴 마나는 천천히 휘발된다.

입을 열면 새어나가니 입술을 앙다문 것이다.

물안개 자욱한 곳에서 정령들이 마나를 빨아들일 때 부른 바위 인근 얕은 물가엔 승무원들이 눈에 불을 켠 채 조약돌들을 뒤적이고 있다.

현수가 떠난 뒤 여섯 명이나 루비, 에메랄드, 사파이어, 오팔 등을 찾아낸 것이다.

누군가 환호성을 지르면 우르르 달려가 뭘 찾았는지 확인하곤 다시 물가로 흩어지길 여러 번이다.

얼마나 몰두했는지 신일호가 던져놓은 열일곱 개의 보석은 금방 다 찾아냈다.

다른 돌들과 구별되게 일부러 색깔이 있는 것만 던져 넣은 것도 이유겠지만 여자들 특유의 눈썰미와 집요함이 빚어낸 결과이다.

기장과 부기장을 비롯한 승무원 중 여성의 수만 15명이다. 지윤과 밀라, 올리비아를 포함하면 18명인데 혼자서 2개 이상을 발견한 사람만 셋이다.

현수가 하나를 찾아냈고, 지윤이 2개, 승무원 중 둘이 각기 3개씩 찾아냈다. 이것만 9개이다.

총인원이 18명이니 하나도 못 건진 사람만 9명이나 있다.

이들은 약이 오르고 샘이 나서 눈에 불을 켜고 물속을 뒤적이지만 없는 보석이 나올 리 없다.

이들은 보석이 얼마나 있는지 알지 못한다. 따라서 하나라도 찾아보겠다고 열심이다.

어찌 이를 두고 보겠는가!

현수의 지시를 받은 신일호가 광학스텔스 상태로 다가가 하나도 못 찾은 사람들의 눈앞에 각기 하나씩 떨궜다.

"와아! 찾았다."

"어! 나도 찾았다."

"야! 나도 찾았어."

갑작스레 9명이나 소리치자 인근을 거닐던 여행객들이 다가와 웬 소란인지를 묻는다.

이야기를 들으면 하나같이 눈빛이 달라지면서 물가로 달려갔다.

"에구……! 쯧쯧……!"

이젠 하나도 없음에도 불구하고 다들 열심이다. 그러던 중

반지를 주워 든 사람이 나타났다.

"찾았다!"

관광객들이 일제히 몰려들어 약간은 퇴색한 반지를 보곤 이내 흩어진다. 맑기만 하던 호수의 물이 약간 뿌옇게 되었다. 워낙 많은 사람들이 일제히 휘저은 결과이다.

관광은 뒷전이고 보석 찾기에 여념이 없어 시끌벅적하다.

'일호! 여기 말고 약간 떨어진 곳으로 가서 보석 열 개쯤 더 던져봐. 띄엄띄엄!'

'넵!'

바이칼 호변에서 보석을 주웠다는 소문이 주민들의 귀에도 들어간 모양이다.

우르르 달려오는 사람들을 본 현수는 또 한 번 혀를 찼다.

"쯧쯧~!"

이제 이곳에서 볼일은 다 봤다. 하여 천천히 걸어 호텔로 향하였다. 가면서 문자를 남겼다.

다들 보석 찾기에 열심이네. 난 슬슬 산책이나 할게. 특별한 스케줄 없으니 실컷 찾아보고 천천히 와.

약 500m쯤 걸어갔을 때 뒤쪽으로부터 열심히 달려오는 소리가 있었다.

"자기이~! 같이 가요."

"대표님! 기다려 줘요."

지윤과 밀라, 그리고 올리비아가 달려와 멈추곤 거친 숨을 몰아쉰다.

"자기 혼자 있게 해서 미안해요!"

"명색이 수행비서인데 제가 잘못했어요."

"용서해 주실 거죠?"

보석보다 현수 곁에 머무는 것이 훨씬 중요하기에 문자를 보자마자 뛰어온 것이다.

"난 괜찮은데. 더 찾아보지 그랬어?"

"하나라도 찾았으면 됐죠. 제가 찾은 건 이거예요."

지윤은 에메랄드와 자수정, 밀라는 사파이어, 올리비아는 사파이어와 오팔을 찾았다. 크기는 거의 비슷했다.

"예쁘네! 시간 내서 반지로 만들어줄까?"

"어머! 그런 것도 할 줄 이세요?"

"어쩌다 보니…. 산책 더 할까? 아님 호텔로 가서 쉴래?"

"산책요. 여기 경치 저~엉말 좋아요!"

현수와 지윤, 밀라, 올리비아는 호변을 천천히 걸으며 풍광을 즐겼다. 왼쪽엔 지윤이 팔짱을 끼고 있었고, 오른쪽엔 밀라가 다정한 연인처럼 붙어서 걸었다.

걷는 내내 대화가 끊이지 않았는데 소소한 주제였기에 화기애애한 담화였다. 올리비아는 밀라의 오른쪽에서 걸었는데 혼자만 소외된 기분이 느껴졌다.

그래서 그랬는지 시간이 지날수록 올리비아의 눈빛이 결연해지고 있었다. 물론 현수는 모르는 일이다.

한편, 신일호는 눈에 보이지 않은 상태로 뒤따랐다. 혹시 있을지 모를 테러나 공격을 대비한 움직임이다.

일행은 하루 종일 알혼섬 여기저기를 둘러보았다.

길이 72㎞, 폭 15㎞ 정도인 이 섬의 면적은 약 730㎢이다. 서울보다도 훨씬 넓다. 그럼에도 볼 것은 많지 않다.

겨울 초입이라 그런지 다소 황량했지만 신선한 공기와 탁 트인 전경이 가슴을 시원하게 해주는 느낌이다.

이건 현수의 입장이다.

밀라와 올리비아는 조금 추웠다는 느낌이지만 지윤은 다르다. 산책하는 내내 발 시린 게 뭔지 톡톡히 경험한 것이다.

가끔은 귀때기가 떨어져 나갈 듯 찬바람이 훑고 지났는데 그때마다 현수의 팔을 더욱 세게 움켜쥐었다.

현수는 팔꿈치에서 뭉클함이 느껴질 때마다 지윤을 보고 싱긋 웃어주었다. 애정 표현인 것으로 착각한 것이다.

저녁노을까지 즐기고 돌아온 시각은 저녁 7시경이다.

호텔 레스토랑엔 평소와 다른 메뉴들이 차려져 있었다. 러시아 전통음식뿐 아니라 바비큐 등도 있다.

관광을 마치고 복귀한 승무원들까지 모두 한자리에 앉아 먹고 마셨으며, 노래를 부르고 춤도 추었다.

과연 흥에 겨운 민족다운 모습이었다.

광란의 시간은 밤 12시가 가까워지면서 잦아들었다. 맥주
와 보드카로 젖은 일행은 각자의 룸으로, 돌아갔다.

TV를 켜면 한마디도 알아들을 수 없는 러시아어만 나오고,
밤이 되면 할 것이 아무것도 없는 곳인지라 다들 곧바로 잠자
리에 들었다.

그렇게 시간이 흘러 새벽 1시 무렵이 되자 거의 모든 객실
에서 코고는 소리가 들린다. 다들 곯아떨어진 것이다.

이 시각의 현수는 창가에 앉아 맥주 캔을 기울이고 있었다.

'폐하! 올리비아가 오고 있어요.'

'올리비아가? 왜? 무슨 일 생겼어?'

'아뇨! 뭔 일 난 건 아니고요. 아무래도 이 방이 목표인가
본데요?'

'이 방? 왜?'

          *   *   *

무슨 영문이냐는 표정이다.

'왜긴요. 폐하와의 인연을 만들기 위해서죠.'

'나랑? 며칠밖에 안 되었는데?'

수행비서이긴 하지만 단둘이 같이 있던 시간은 불과 몇 분
뿐인 사이이다. 지윤이나 밀라가 늘 함께해서이다.

'폐하가 워낙 매력적이어서 그렇죠. 어떻게 하실 거예요?'

'올리비아에 대해 다시 한번 읊어봐.'

'네! 올리비아 본타코는……'

잠시 도로시의 보고가 이어졌다.

1990년에 태어난 올리비아는 민스크 대학에서 물리학과 경제학, 경영학 학사 및 석사 학위를 취득했다.

부친과 모친 모두 대학교수인지라 어렵지 않은 환경에서 성장했다. 어려서 피아노와 바이올린을 교습받아 일찌감치 감수성이 개발되었다.

그러다 중학생이 되면서 외국 가수를 선망하여 소위 말하는 '덕질'을 하며 지냈다.

물리적인 거리가 있기에 '빠순이' 짓까지는 하지 못했다.

참고로, 빠순이란 단순히 연예인을 좋아하는 수준을 넘어 온라인과 오프라인을 불문하고 민폐를 일삼는 극성팬들을 비난하기 위한 용도로 사용되던 명칭이다.

그리고 덕질은 자신이 좋아하는 분야에 심취하여 그와 관련된 것들을 모으거나 찾아보는 행위를 뜻한다.

성숙하고 세련된 가수와 촌스럽고, 철없는 동갑 친구들을 비교하는 것은 어리석은 일이다.

하지만 올리비아는 그 어리석은 짓을 자행했다.

덕분에 이성 친구라곤 단 한 번도 사귀어보지 못한 완전한 모태 솔로로 성장했다.

대학 입학 후엔 공부하기에 바빴다.

남들은 하나만으로도 허덕이는데 동시에 전혀 다른 세 과목을 공부했으니 얼마나 정신없었겠는가!

  특히 시험이 다가오면 더 했다. 1등을 놓친다는 걸 상상도 할 수 없는 일이라 생각한 때문이다.

  그럼에도 펑퍼짐하거나 뚱뚱해지지 않았다. 아침마다 습관처럼 운동을 하는 때문이다.

  매일 새벽 4시쯤 일어났는데 남들 보기에 격렬하다 싶을 정도로 강도 높은 체력 단련을 했다.

  그 후 샤워를 하곤 누워서 휴식을 취한다.

  1시간쯤 자고 일어나서 아침식사를 했는데 균형 잡힌 식단으로 각종 영양소를 챙기는 생활을 했다.

  그렇기에 남들 보기엔 공부만 했음에도 슈퍼 모델 저리 가라 할 정도로 늘씬한 몸매를 유지하고 있는 것이다.

  물론 현재는 이런 생활이 불가능하다. 현수의 스케줄에 모든 것을 맞춰야 하는 때문이다.

  그리고 조금이라도 실수하면 나라 체면에 먹칠을 하는 것이라 생각하기에 신경을 곤두세우고 있다.

  하여 만성피로가 생길 지경이다. 새벽 운동을 즐길 여유가 사라진 것이다.

  올리비아는 전체 1등을 놓쳐본 경험이 거의 없다.

  남들에게 지지 않겠다는 경쟁심 때문이기도 하지만 그렇게 해야 남들보다 돋보인다는 생각을 한 것이다.

그러면 본인이 좋아하던 외국 가수와 만날 수 있는 기회가 생길지도 모른다고 생각하였다.

어쨌거나 석사 학위를 취득하기 얼마 전 그토록 좋아했던 가수가 결혼을 했다. 닭 쫓던 개 신세가 된 것이다.

얼마 후 행정고시에 응시했고, 무사히 공무원이 되었다. 그런데 의욕이 없다. 추구하던 것이 사라진 때문이다.

그러다 하인스 킴의 수행비서 임무가 부여되었다. 남아공 국적이지만 한국에서 생활했다고 한다.

콩고민주공화국과 슬라브 3국에서 제공한 엄청난 면적의 조차지를 가진 세계 최고의 부자이다.

수행비서가 되면 어디를 가든 따라다녀야 하는데 한국이라면 한번 가보고 싶다.

본인이 좋아했던 외국 가수가 한국 사람인 때문이다.

그렇게 해서 하인스 킴 캠프에 합류했는데 지윤과 밀라가 있다. 둘 다 본인 못지않은 재원이며, 미인이다.

직감적으로 강력한 경쟁자라는 인식이 생겼다. 그런 둘이 오로지 하인스 킴만 바라보고 있다.

대체 왜 그런가 싶었는데 본인 또한 애정의 늪에 빠졌다. 어떻게든 차지하고 싶은데 연적들이 너무 강력하다.

둘도 올리비아의 마음을 눈치 챈 듯 기회를 주지 않으려고 애를 쓴다. 그럴수록 점점 더 갈망한다는 것을 모른 것이다.

저녁식사를 하며 다들 음주가무로 흥에 겨울 때 올리비아는 꿔다놓은 보릿자루처럼 구석에 앉아 혼자 홀짝였다.

마시는 양이 늘어나자 점점 취기가 올라왔다. 한국으로 치면 소주 3병이 주량인데 이를 초과했으니 당연한 일이다.

파장되어 룸으로 돌아온 뒤 샤워를 하고 자리에 누웠다.

그런데 말똥말똥이다. 현수를 따라다니는 동안 바이오리듬이 깨져서 수면장애가 온 것이다.

할 수 없이 자리에서 일어났는데 창밖은 온통 어둠뿐이다. 가로등이나 방범등 같은 것이 전혀 없어서 그러하다.

온 김에 별 구경이나 해야겠다 싶어 밖으로 나섰다. 팬티와 브래지어 위에 방한복만 걸친 상태이다.

딸깍—!

문 닫히는 소리에 신경 쓰지 않고 하늘을 바라보았다. 수많은 별들이 반짝이고 있었다.

잠시 하늘을 보고 뒤돌아섰는데 문이 잠겼다. 닫기만 하면 저절로 잠기는 문인데 불행히도 열쇠는 안에 있다.

'으으! 어떡해?'

바로 옆방은 밀라가 쓴다. 하여 초인종을 누르고 문을 두드렸지만 무반응이다. 곯아떨어진 것이다.

카운터까지 가려면 한참 가야 한다. 하여 현수의 방으로 향했다. 불은 꺼져 있지만 왠지 깨어 있을 것 같아서이다.

쿵— 쿵—!

"누구세요?"

"저예요. 올리비아. 문 좀 열어주세요."

"이 시각에?"

"제 방 문이 잠겼는데 열쇠가 안에 있어요."

"아! 잠시만요."

문이 열리자 후다닥 들어선다. 그와 동시에 겨울철 시베리아의 칼바람이 훅 들이친다.

바람이 세니 영하 20℃는 훌쩍 넘을 것 같다.

"으으! 추워요."

오들오들 떠는데 입술이 푸르스름하다.

그런데 벽난로는 아예 불을 지핀 적이 없고, 난방장치에선 방금 죽은 놈 콧김 같은 온기만 느껴질 뿐이다.

추위를 느끼지 않기에 가장 낮은 온도로 설정한 탓이다. 방안의 물이 얼지 말라는 의도에서 켜놓은 것이다.

춥다고는 하지만 마땅한 것이 없었기에 침대로 안내했다.

"여기 앉아요. 많이 추우면 이불 속으로 들어가고요."

"네! 그럼 실례할게요."

올리비아는 사양하지 않고 이불 속으로 파고든다. 신발을 벗는데 맨발이다. 보아하니 속옷 위에 바로 외투인 모양이다.

잠시 후 이불 밖으로 외투가 툭 떨어진다.

이게 뭔 상황인가 싶었지만 내색치 않고 의자에 앉았다. 올리비아는 이불 밖으로 얼굴만 내놓고 있다.

"저…, 대표님 좋아해요."

"엥? 우리, 만난 지 며칠밖에 안 되었는데?"

"시간이 중요한가요? 처음 본 순간에 반하기도 한다는데."

아주 오래 전, 그러니까 대략 2,930년 전의 어느 날, 천지건설에 처음 입사했을 때가 떠오른다.

처음으로 업무지원팀에 갔을 때 강연희 대리를 보았다.

찰랑찰랑한 생머리, 갸름한 얼굴, 오똑한 콧날, 사슴의 그것 같은 눈망울, 야리야리한 입술, 불룩 솟은 가슴, 잘록한 허리, 거기에 쭉 뻗은 각선미가 한눈에 들어왔다.

그냥 섹시하기만 한 것이 아니다. 우아하고, 청순하며, 고고하고, 백치미까지 엿보였다.

천지건설 양대 미녀 중 하나이며, 실세인 전무이사 박준태의 아들 박진영 대리가 점찍었다는 소문의 장본인이다.

박진영은 입사 4년차로 곧 과장 진급을 한다고 소문난 엘리트였다. 직급은 대리에 불과 하지만 실력을 인정받아 구조계산팀 팀장으로 근무하고 있었다.

이때의 현수는 3류대학 출신 무(無) 스펙 신입사원이었다. 그러니 강연희는 넘사벽 너머의 존재였다.

감히 넘볼 수조차 없음을 알았지만 사람 마음을 어찌 마음대로 조절하겠는가!

처음 본 순간 한눈에 그냥 반해 버렸다.

눈을 감아도 그 모습이 너무나 생생하게 뇌리에 각인되었기에 날마다 전전반측하지 않을 수 없었다.

사모하는 마음이 점점 커갔지만 티내지 않으려 무진 노력했다. 스스로를 잘 알았던 때문이다.

이후 많은 마음고생을 했다.

'고백했다가 거절당하면 어쩌지?'

'나 같은 놈이 대시하면 받아줄까?'

'에이, 저렇게 천사 같은데 이미 임자가 있겠지.'

'누가 강 대리랑 결혼하게 될까? 되게 부럽네.'

혼자 있을 때나 강연희를 마주할 때마다 스친 상념이다.

어쨌거나 방금 올리비아가 고백을 했다. 술에 취해 하는 헛소리는 아닌 것 같다.

그렇다면 엄청 용기내서 한 말일 것이다. 이를 단칼에 끊어버리는 건 너무 잔인한 처사이다.

"그, 그래?"

"네! 그러니까 저에게도 기회를 줘요."

"기회…? 무슨 기회?"

"대표님과 가까워질 수 있는 기회요. 김지윤 씨처럼 가까워지고 싶어요."

"……!"

현수는 잠시 아무런 말도 하지 않았다. 이때 도로시가 불쑥 끼어든다.

'아싸! 이 만남 찬성이에요. 호홋! 황후 후보 하나 추가요.'

현수는 아무런 대꾸도 하지 않았다. 말려들 확률이 매우 높은 때문이다.

"김지윤 씨가 내 연인인 건 아는 거야?"

"알아요. 근데 내 마음을 어쩔 수가 없어요. 대표님이 너무 좋아서 미치겠어요. 나 어쩌죠?"

당장에라도 눈물이 뚝뚝 떨어질 것 같이 애처롭다.

"으음!"

현수는 내심 침음을 삼켰다. 강연희를 좋아했던 마음과 거의 비슷하다 생각한 것이다.

"어차피 가까이 지내야 하잖아. 수행비서니까. 그치?"

"네! 그래서 더 미치겠어요. 대표님이 너무 좋은데 이럼 안 된다는 생각이 들어서요."

"에고…, 마음고생이 많네. 알았어. 일단 여기 있어봐. 데스크에 가서 보조 열쇠 받아올 테니."

"네! 죄송해요. 그냥 갔다 오려고 했는데 너무 추웠어요."

"알아! 밖은 영하 20℃가 넘을 거야. 바람이 세차서 체감온도는 그보다 더 낮을 거고. 암튼 여기 있어. 다녀올 테니."

"네. 칠칠맞게 굴어서 죄송해요."

"괜찮아. 괜찮아."

현수는 얇은 셔츠 차림으로 나섰다.

오리지널 삭풍(朔風)이라 할 만큼 거세고 싸늘한 바람이 불고 있었다. 하지만 아무런 문제도 되지 않는다.

　이보다 훨씬 낮은 영하 70℃쯤 되어야 조금 춥다고 느끼는 때문이다. 마나를 운용할 수 있는 상태라면 영하 170℃가 될 때까지는 서늘하다는 느낌만 있을 뿐이다.

　데스크로 가서 보조열쇠는 받아 되돌아오며 올리비아의 방문을 열어보았다. 뭐가 잘못되었는지 싸늘하다.

　벽난로도 꺼져 있고, 난방기구도 켜지 않은 상태였다. 벽난로에 장작을 넣고 불을 지폈다.

　'하아! 이런 거 오랜만이네.'

　'맞아요! 1,137년 전에 해보신 게 마지막이에요.'

　바싹 마른 장작을 쥐고 손아귀에 힘을 주니 수수깡처럼 잘게 부서졌다.

　빠지지직―!

　종이에 불을 붙이고 그 위에 잔 것들을 올렸다. 그러곤 굵은 것들을 올렸는데 연기 냄새가 난다. 창문을 살짝 열었더니 황소바람이 들어와서 얼른 닫을 수밖에 없었다.

　연통에 문제가 있는지 연기가 빨려나가질 않는다. 하여 이것저것을 만져보았는데 마뜩치 않다.

　'할 수 없군.'

　본인의 방으로 와보니 올리비아는 잠이 든 상태이다. 난방온도를 최고로 올리고 벽난로에 불도 피웠다.

　이번엔 제대로 연기가 빨려 나간다.

덮은 이불을 잘 여며주려는데 눈물 흘린 자국이 보였다.

'에고, 내가 뭐라고 이 예쁜 아가씨가……. 쯧쯧!'

나직이 혀를 차곤 난방기구 등을 다시 한번 살펴보았다. 그러곤 살짝 문을 닫고 올리비아의 룸으로 갔다.

침대가 하나 더 있었지만 남들 눈을 생각지 않을 수 없다. 그리고 본인은 벽난로가 꺼져 있어도 상관없기 때문이다.

Chapter 08
—
브래지어 때문에

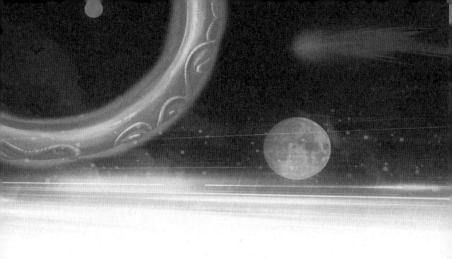

"자기! 안 일어나요?"

쿵, 쿵―!

"하암! 누구지? 누구세요?"

"자기, 저예요."

무슨 소리에 눈을 떴던 올리비아가 화들짝 놀라며 벌떡 일어난다. 그러곤 룸 내부를 훑었다.

이 방은 확실히 본인이 배정받은 룸이 아니다.

옷걸이에 걸려 있는 옷과 탁자 위의 소지품들이 자신의 것이 아닌 것을 알아본 것이다.

"여긴…, 어디지?"

잠시 당황한 표정으로 두리번거리던 중 옷걸이에 걸려 있는 슈트가 보였다. 분명 하인스 킴의 것이다.

"어머나……!"

놀란 표정이 되어 이불을 들추곤 본인의 상태를 살핀다. 브래지어는 없지만 팬티는 입고 있다.

'뭐지……? 아래만 입혀주신 건가?'

똑똑한 올리비아이지만 멘붕 상태가 되었다.

잠자다 답답해서 본인 스스로 브래지어를 벗어젖힌 건 전혀 생각도 나지 않는 것이다.

쾅, 쾅—!

"자기~!"

쾅, 쾅, 쾅—!

"자기! 문 좀 열어봐요."

현수는 젊고 건강하다.

하지만 밤새 안녕이란 말이 있지 않은가!

잠자다 갑작스러운 심장마비로 사망하는 이들이 있다.

지난 13일엔 록의 전설이라 일컬어지던 리온 러셀이 74세의 일기로 별세했다.

걸출한 키보드 연주자이자 싱어송라이터였으며, 미국 로큰롤 명예의 전당에 올라있다.

A Song For You와 This Masquerade가 가장 유명하다.

러시아 방송에서도 리온 러셀의 사망 소식을 비중 있게 다

뤘다. 사인은 수면 중 심장마비이다.

이를 떠올린 지윤은 손에 더욱 힘을 주었다.

쾅, 쾅, 쾅—!

"문 열어요! 문!"

"잠시만요!"

소란스럽고 시끄러워서라도 문을 열어야 할 상황이다. 하여 브래지어를 찾았는데 어디에 처박혀 있는지 보이지 않았다.

궁여지책으로 이불을 돌돌 말고 총총걸음으로 가 문을 열었다. 이불로 몸을 감싼 채라 손잡이 잡아 돌리는 게 쉽지는 않았지만 열리긴 열렸다.

한편, 지윤은 안에서 들린 여자 음성 때문에 멘붕되었다.

"설마……?"

삐꺽—!

문이 열렸고 둘의 시선이 마주쳤다.

"아! 지윤씨. 뭔 일 있어요?"

"잠시만요."

올리비아를 살짝 밀치고 들어온 지윤은 현수부터 찾았다.

당연히 보이지 않는다. 그런데 욕실의 문이 살짝 열려 있고, 안에서 빛이 새어나온다.

"……!"

같은 순간 올리비아는 문을 닫으려 하다 자빠졌다. 이불자락을 밟고 있었기 때문이다.

"어맛!"

콰당—!

"……!"

이불이 벗겨지면서 올리비아의 가슴이 그대로 노출되었다. 오로지 팬티만 걸친 모습이다.

이에 지윤은 다시 한번 멘붕 되었다. 글래머러스한 가슴 때문이 아니라 팬티만 걸친 때문이다.

조금 전 문을 열어달라고 했을 때 지체했던 이유가 팬티를 꿰기 위함이었을 것이라 생각한 것이다.

그러다 서둘러 화장실 안을 들여다보았다.

"자기! 저 왔어요. 어라…?"

화장실은 비어 있다. 지윤은 이게 대체 무슨 상황인지 순간적으로 뇌에 혼선이 왔다.

"저기 지윤!"

"네, 올리비아! 이게 어찌된 일이죠? 여긴 대표님 방이잖아요. 맞죠?"

"네, 맞아요."

"근데 대표님은 어디 가시고…? 올리비아의 그 모습은 뭐죠? 설마 대표님과 같이…?"

"미안! 잘 기억나지 않아요. 어제 너무 많이 마셨나 봐요."

"네? 그게 무슨……?"

이 무슨 청천벽력과 같은 소리인가!

애써 만들면서 잔뜩 눈독들이고 있던 맛있는 음식을 누가 날름해버린 느낌이다.

지윤이 잠시 머뭇거리는 동안 올라비아는 애써 기억을 떠올렸다. 객실 문이 잠겨서 온 것까지는 기억났다.

"어젯밤에 열쇠가 없어서 이 방에 왔나 봐요."

"대표님은요?"

"…그게, 기억이 없어요. 여기 온 것까지는 생각나는데 그 이후는……. 안에 대표님 안 계세요?"

"……!"

지윤은 생각에 잠겼다. 올리비아가 만취해서 이 방에 왔고, 현수가 문을 열어줬으니 여기 있는 것이다.

뭐 여기까지는 그럴 수도 있다. 그런데 달랑 팬티만 입고 있는 이 상황은 뭐란 말인가!

"얼른 옷 입어요."

"네? 아, 네에."

올리비아는 침대 안쪽에 떨어져 있는 브래지어를 찾아 허겁지겁 걸쳤다. 그러곤 두리번거린다. 다른 옷을 찾는 것이다.

"뭘 찾아요?"

"제 옷요."

"옷이 없어요?"

"네에. 외투만 있어요."

"그럼 어제 그 차림으로 여길 온 거예요?"

"잠시만요……. 아! 네에. 그런 가봐요."

찬바람을 쐬러 열쇠 없이 객실을 나섰는데 문이 저절로 잠겼고, 데스크까지 가기엔 너무 추워서 이 방으로 온 기억이 떠오른 것이다.

올리비아는 외투를 걸치곤 침대에 주저앉았다. 그러곤 어젯밤의 기억을 곰곰이 더듬었다.

"여기 왔는데 대표님이…. 데스크에 열쇠를 가지러…."

"방금 깨어났으니 대표님이 어디에 있는지 모르겠네요."

"네? 아, 네에. 맞아요."

"일단 알았어요. 사람들 오기 전에 올리비아의 방으로 가요. 괜한 소문 만들 수 있으니까요."

"네에. 미안해요."

올리비아는 기어들어가는 목소리로 대답하곤 자리에서 일어났다.

"아니, 그럴 필요 없어."

현수의 음성이었다.

"아! 대표님!"

"어디 갔다 오셨어요?"

"응! 아침 산책. 선선해서 좋더라구."

"네에? 영하 21℃인데 바람이 세서 체감온도가 영하 30℃ 이하일 거라고 하는데요?"

지윤은 말도 안 된다는 표정이다.

아침 일찍 눈을 뜬 지윤은 TV를 켰다. 뉴스가 나왔는데 관심이 없어 채널을 돌리려는데 일기예보가 시작되었다.

기상 캐스터는 구름 없이 쾌청하지만 바람이 거셀 것이니 피해 없도록 잘 살피라고 하였다. 그러면서 현재 기온과 체감온도에 관한 이야길 했다.

러시아어 부전공이라 알아들은 것이다.

"그러니까 선선하지."

현수는 뭘 그런 걸 묻느냐는 표정이다. 그러곤 올리비아에게 시선을 준다.

"올리비아! 저쪽 방은 난방이 시원치 않으니 이 방 써. 내가 저쪽 방을 쓸게."

"네? 아, 네에."

"내 짐 가져갈 테니 조금 있다 와서 올리비아 거 가져가."

"네에."

현수는 본인 물건을 챙기면서 지윤에게 시선을 준다.

표정이 오묘하게 이상했던 것이다. 하룻밤 사이에 현수와 올리비아의 분위기가 바뀐 것 같이 느껴진 것이다.

"근데 아침부터 이 방엔 웬일이야? 뭔 일 있어?"

"네? 아, 아뇨!"

"그래? 그럼 가서 커피나 한잔할까?"

"네, 좋아요."

지윤은 냉큼 현수를 따라나섰다. 그러면서 묻는다.

"어떻게 된 일이에요? 올리비아가 왜 저 방에 있어요?"

"객실 문이 잠겼는데 열쇠가 없다고 왔어. 데스크까지 가려면 한참 가야 하는데 엄청 추웠대. 그래서 방 바꿔줬어."

현수는 너무도 태연했다.

"…미안해요."

"미안해……? 뭐가?"

"어제 올리비아랑 자기가 같이 잔 줄 알았어요."

"내기……?"

현수는 잠시 말을 잇지 않았다. 그 시간은 길지 않았다.

"오늘부터는 지윤이 내 방에서 자."

룸마다 침대가 두 개 있으니 그중 하나를 쓰란 말인데 아무래도 다른 뜻으로 받아들인 모양이다.

"…알았어요."

기어들어가는 목소리로 대답하곤 고개를 숙이는데 두 볼이 빨갛다. 이건 추위 때문이 아니다.

밤이 되면 본인도 브래지어를 벗고 팬티 차림으로 있어야 한다는 생각을 한 때문이다.

"아! 올리비아가 쓰던 방은 난방이 시원치 않아. 그러니 내가 지윤 씨 방으로 옮겨갈게."

"네, 그러세요."

또 기어들어 가는 목소리이다. 이번엔 목덜미까지 붉어진다. 오늘 밤을 생각하니 몹시 부끄러운 듯하다.

아침식사를 하는 동안 승무원들은 오늘도 부르한 바위 인근을 훑기로 한다. 보석에 관심이 없던 기장과 부기장, 그리고 남자 승무원들도 같이 갈 모양이다.

승무원 중 하나가 금은방 집 딸인데 어제 주웠던 보석의 품질 및 가치가 상당하다는 걸 알려준 결과이다.

하긴 개당 1억이 넘는 최상품들이니 욕심날 만하다.

한편, 바람의 중급 정령 실라페와 물의 상급 정령 엔다이론이 오지 않은 걸 보니 더 머물러야 할 모양이다.

하여 유람선을 타고 바이칼호를 둘러보기로 했다.

바이칼호는 가장 깊은 내륙호로 최고 수심 1,620m이고, 남북으로 636km이며, 평균 너비는 48km이다.

면적은 3만 1,500㎢이다. 서울의 52배 정도이며, 대한민국 전체의 3분의 1쯤 되는 어마어마한 넓이이다.

유람선 위에서는 '오물(омуль)'이라 불리는 바이칼호 토종 물고기를 맛볼 수 있다.

연어과 생선인데 맛이 일품이며, 훈제된 것은 보드카 안주로 딱 맞는다고 한다.

유람선은 현수 일행만 승선하기로 했다. 전세 낸 것이다.

호텔에서는 점심식사를 도울 인력을 파견했고, 상당히 많은 음식과 식기를 포장했다.

웬만하면 인상 쓸 만한데 호텔 직원들 모두 기꺼운 표정이다. 식사 후 전 직원에게 적지 않은 팁을 뿌린 결과이다.

직원들은 기대치 않았던 보너스를 받아 웃는 얼굴이다. 그리고 일행 모두에게 상냥했으며, 친절했다.

하긴 러시아 직장인 평균 월급의 절반 정도 되는 300달러씩 받았으니 어찌 즐겁지 않겠는가!

선착장엔 제법 큰 유람선이 당도해 있었다.

"와아! 저 배 맞아?"

다섯이 타기엔 너무 큰 배였기에 한 말이다.

"맞아요. 저기 무지개(Paдyгa)호라고 써있어요."

예약을 담당했던 지윤의 말이다.

"헐~! 이렇게 큰 배였어?"

생각했던 것보다 훨씬 큰 배이다. 그런데 선착장으로 가니 아는 얼굴이 보인다.

세르게이 레브첸코 이르쿠츠크 주지사였다.

"어라! 주지사님이 여기 웬일이세요?"

"하하! 안녕히 주무셨습니까?"

"네, 덕분에요. 근데 어떻게 여길……?"

"승선하시죠. 오늘은 제가 모시려고 왔습니다."

"네에……? 아! 네에."

다른 배가 없으니 탈 수밖에 없다.

나중에 안 일이지만 안전을 위해 바이칼호의 모든 유람선에게 정선(停船)명령을 내렸던 것이다.

잠시 후, 현수 일행이 승선하자 출발했다.

"어제 각하께서 바이칼호 안내를 잘하라고 전화 주셨습니다. 그러니 다소 불편하시더라도 양해 바랍니다."

푸틴이 당부했다는 말이다.

굉장히 공손하지만 이르쿠츠크에선 최고 대빵이다.

대한민국 전체보다 8배 가까이 넓은 77만 4,846㎢를 통솔하는 지역 대통령인 셈이다.

주지사는 지윤과 밀라, 그리고 올리비아가 수행비서라는 걸 알고 있다. 각기 각 나라에서 파견한 것으로 생각되며 셋 다 어디 내놔도 빠지지 않을 절세미녀이다.

신일호는 현재 광학스텔스 상태로 사주경계 중이라 보이지 않는다. 만일을 대비하여 8단계 경호 태세이다.

누구든 현수 일행을 공격하면 그 즉시 초정밀 헤드 샷으로 단숨에 목숨을 끊어버린다.

공격자의 위치는 현재 우주에 떠 있는 위성이 파악한다. 어디로 도망가든 실시간으로 파악된다.

다만 땅굴이나 터널 등으로 들어가면 추적이 어렵다. 이런 경우엔 반경 100㎞를 상세 감시하게 된다.

광학기기 성능이 너무도 뛰어나기에 생쥐의 움직임까지 모두 파악할 수 있다.

동시에 반경 500㎞의 모든 통신을 감청한다.

사람이라면 어느 동굴이나 땅굴에 숨든 언젠가는 나오게
된다. 먹지 않고는 살 수 없는 때문이다.

동굴로 숨어들 때까지의 체형과 걸음걸이 등이 파악되므로
도주는 불가능하다.

잡히면 당연히 사살인데 그전에 이전의 통신까지 파악하여
누가, 어떤 명령을 했는지 조사한다.

배후 인물이 누구든, 신분이 무엇이든 전원 몰살이다.

이실리프 제국에는 황제에 관한 법률이 제정되어 있다.

누구든 황제에게 위해를 가하려 했거나, 가했다면 본인은 사
형에 처한다.

아울러 6촌 이내의 직계 및 방계 전체의 재산을 몰수 후 제국
의 영토 밖으로 영구히 추방한다.

이후 어떠한 사유로도 제국의 영토에 발을 들여놓을 수 없다.
이를 어기면 참수형에 처한다.

아주 씨를 말려 버리겠다는 뜻이다. 그런데 실제로 어떤 미
친놈이 현수를 향해 총을 쏜 적이 있다.

근무 태만으로 직장에서 잘린 것에 앙심을 품은 것이다.

그놈은 모두가 보는 앞에서 디오나니아의 잎사귀에 감싸여 비명을 지르다 죽어갔다.

산채로 서서히 녹아들었던 것이다.

그리고 6촌 이내의 직계 및 방계 가족은 완전히 발가벗겨진 채 형벌도로 텔레포트되었다.

거대한 아나콘다와 총알개미, 타란툴라 거미와 전투모기, 그리고 악어가 득실대는 섬이다.

그들의 미친놈을 욕하면서 죽어갔다.

아무튼 현수가 미녀 비서들만 데리고 승선한 걸 보면 오붓한 시간을 보내려한 것 같다.

주지사는 본인이 방해했다 느낀 모양이다.

"아이고, 아닙니다. 괜찮습니다. 오히려 주지사님께서 안내해 주신다면 저희아 영광이죠, 하하하!"

"흔쾌히 받아들여 주서서 고맙습니다, 하하하!"

기분 좋은 웃음을 짓고는 자리에 앉는다. 곧이어 주정부 공무원인 듯한 사내가 나와 사방을 가리키며 설명을 한다.

바이칼호 주변에 관한 내용이다.

이르쿠츠크는 러시아에서 목재가 가장 많이 나는 지역이다.

유럽의 주요 산림 국가인 핀란드와 스웨덴보다 몇 배나 넓은 산림이 있기 때문이다.

하여 주(州) 전체 생산물의 20% 이상이 목재이다.

원목과 절단목, 합판 등을 수출하는데 지나와 일본, 그리고 우즈베키스탄이 주요 수출국이다.

이중 지나가 가장 많이 수입하고 있었다. 그런데 졸지에 엉망진창인 나라가 되어버렸다.

주요 수출국 하나가 없어진 상황이니 이에 대한 대책 수립이 시급한데 뾰족한 수가 없다.

대한민국 총영사관이 본국에 보고한 2012년 수출 물량 결과를 보면 아래와 같다.

국 가		수 출 량
원 목	지나	4,410,000㎥
	일본	51,630㎥
	우즈베키스탄	19,000㎥
가공목	지나	3,791,100㎥
	일본	1,174,800㎥
	우즈베키스탄	727,400㎥

표를 보면 지나의 수입량이 절대적으로 많다.

현재는 모든 생산 활동이 Stop되어 있다. 천재지변으로 나라 전체가 작살난 상태라 책임을 물을 수도 없는 상황이다.

이는 이르쿠츠크 경제에 막대한 타격이 되고 있다. 하여 중앙정부에 긴급지원을 요청했다.

그런데 러시아는 현재 경기위기를 겪는 중이다. 유가가 급락하면서 루블화 역시 급락세에 놓여 있다.

러시아는 2014년 3월에 무력으로 우크라이나를 침공하여 크림반도를 병합시킨 바 있다.

이에 미국과 캐나다 등은 이 점유(占有)를 인정하지 않고 여러 제재를 가하는 중이다.

이에 대한 대응으로 러시아 중앙은행이 기준 금리를 무려 6.5%나 인상했으나 환율 방어에 실패하고 말았다.

국민들이 물가 급등을 우려하여 루블화를 달러나 유로화로 환전하면서 일부 은행은 보유 외환이 바닥을 드러냈다.

이에 중앙 정부에서 800억 달러나 풀었지만 계속되는 서방 국가들의 추가적인 경제 제재로 인해 채무 상환을 위한 자금 조달 수단이 완전히 막힌 상태이다.

하여 또 한 번의 디폴트(채무불이행) 선언이 있을지 모른다는 소문이 돌았다.

그러자 GM, 아우디, 재규어, 랜드로버, 이케아 등 글로벌 업체들이 빠르게 발을 뺐다.

이중 가장 빨리 판매 중단을 선언하고 철수한 것은 역시 일본 업체들이다. 과연 얍삽한 것으론 세계 최고답다.

반면, 삼성, LG, 포스코, 현대, SK에너지 같은 한국기업들은 반응하지 않고 버티고 있다.

이번에도 일본과는 확실히 다른 반응이다.

어쨌거나 러시아는 현재 대단히 어려운 상황이다.

그렇기에 현금왕인 현수의 제안이 너무도 달콤했다. 조차 요구를 받아들이지 않을 수 없었던 것이다.

이렇듯 중앙정부도 곤란한 상황인지라 이르쿠츠크가 처한 상황을 보고받고도 지원 대책을 마련할 수 없었다.

세르게이 레브첸코 이르쿠츠크 주지사도 중앙정부가 어떤지 짐작하기에 채근(採根)하지 못하고 있었다.

이런 상황에 푸틴이 하인스 킴의 행차를 통보하면서 극진히 모시라고 당부하였다.

차르(Tsar)의 명령이니 따르긴 해야 한다. 그의 눈에서 벗어나면 주지사 자리를 내놔야 하기 때문이다.

처음엔 귀찮았다. 세계 최고의 부자라고는 하지만 이르쿠츠크와 무슨 상관이란 말인가!

아무 연고도 없는 관광객일 뿐이다. 그럼에도 최선을 다하기는 했다. 친해지거나, 잘 보여서 손해 볼 일 없는 때문이다.

주정부의 돈을 쓰기는 하지만 그 정도는 충분히 감당할 수 있다. 하여 호텔 전체를 비우고, 최고의 솜씨를 지닌 헬기조종사들을 대기시키는 등의 배려를 한 것이다.

여기까지는 현수가 아니라 푸틴에게 잘 보이기 위함이었다.

보좌관들은 재선에도 영향을 미칠 수 있으니 가급적 많은 사진이 찍히도록 노력하라는 충고를 했다.

기왕에 나섰으니 당연하다 생각하여 공보실 사진사를 대동했다. 이 시각에도 사진을 찍고 있을 것이다.

유람선은 물살을 만들며 전진하고 있다. 바다처럼 넓었는데 잔잔한 것이 인상적이다.

"에…, 저기 저쪽에 보이는 곳은 목재를 가공하여 합판을 만드는 공장입니다. 저기서 생산된 합판은……."

지나와 일본, 우즈베키스탄으로 수출된다는 말을 이었다.

설명하던 이가 목이 마른지 물을 따르고 있을 때 현수의 입이 열린다.

"요즘 지나 때문에 걱정이 많으시겠습니다."

거의 멸망단계에 있으니 제일 큰 거래처를 잃은 셈이다.

"휴우~! 왜 아니겠습니까? 제일 많이 수입해가던 곳인데 딱 끊겨서 걱정이 많습니다."

주지사의 얼굴이 찌푸려진다. 생각만으로도 머리가 지끈거리는 모양이다.

"지나까지는 어떻게 운반했습니까?"

"그야 철도가 많이 사용되었지요."

당연하신 말씀이다. 특히 겨울철엔 기차 외엔 답이 없다.

"모스크바까지는 시베리아 횡단열차가 가죠?"

"네, 그럼요."

"흐으음!"

현수는 잠시 턱을 괴었다.

"제가 중앙정부로부터 꽤 넓은 조차지를 얻는 거 아시죠?"

"그럼요! 브랸스크와 쿠르스크, 그리고 벨고로드와 오룔

주(州) 전체라 들었습니다. 대단하십니다."

이미 러시아 전역으로 보도된 내용이니 모르면 이상하다.

"러시아뿐만 아니라 우크라이나와 벨라루스에서도 상당히 넓은 땅을 조차지로 제공하기로 했습니다."

"네! 그것도 알고 있습니다."

이미 전 세계 언론에 보도되어 모두가 아는 내용이다.

세계 각국의 언론사에서는 하인스 킴이 조차지를 얻으려는 이유에 대한 분석기사를 거의 매일 쏟아내고 있는 중이다.

물론 거의 소설이나 다름없는 내용이다.

콩고민주공화국과 슬라브 3국 정부는 조차지 용도에 대한 발표를 하였다. 농 · 축산물 생산이 주목적이라는 것을 분명히 했음에도 이를 전적으로 믿지 못하는 것이다.

그러다 보니 음모론에 가까운 소설들이 난무하고 있다.

어쨌든 현수가 막대한 면적의 조차지를 얻어냈다는 건 다들 아는 사실이다.

"거길 개발하려면 상당히 많은 목재가 필요한데 이르쿠츠크에서 공급받았으면 합니다."

"네에……? 저, 정말이십니까?"

전혀 기대치 않다가 정말 깜짝 놀란 모양이다.

"하하! 뭘 그리 놀라십니까? 필요해서 구입하는 건데. 대신 저희가 요구하는 품질에 맞춰주셔야 합니다."

"아이고, 그럼요! 뭐든 주문만 하십시오. 거기에 딱 맞춰서 보내드리겠습니다."

세르게이 레브첸코 주지사의 엉덩이가 들썩인다. 너무도 흥
분되어 춤이라도 추고 싶은 모양이다.

"가격도 중요하겠네요."

"…그, 그럼요."

. 요 대목에서 약간 진정된 듯하다.

"원목의 경우 1㎥당 지나는 101달러, 일본은 146.4달러, 그
리고 우즈베키스탄엔 96.7달러에 공급했죠?"

지나가 일본보다 85배 이상 많이 수입하니 공급가가 다른
건 하나도 이상치 않은 일이다.

우즈베키스탄은 소비에트연방 시절의 동맹국이고, 형편이
어려우니 더 저렴하게 공급한 모양이다.

"저어, 그건 어디서 얻은 자료인지요?"

본인이 알고 있는 것과 금액이 다른 모양이다.

"이곳 한국 총영사관이 대한민국 정부에 보고한 자료입니
다. 2012년 자료이니 현재는 더 떨어졌겠군요."

"네, 말씀하신 거의 4분의 3 가격으로 떨어졌습니다."

2012년 자료는 2011년 결산통계를 인용한 것이다. 그때는
크림반도 병합 전이라 유가(油價)가 괜찮을 때이다.

다시 말해 러시아가 경제 위기에 몰리기 전의 가격이다. 그
로부터 5년이 흐른 현재는 그때보다 27.4%나 떨어졌다.

한편, 내수 시장은 이와 정반대 행보를 보였다.

유가 하락과 동시에 루블화 가치가 크게 떨어지면서 의약품 30%, 자동차 5~10%, 전자제품 10~20%, 그리고 부동산은 10~15% 정도 상승하였다.

돈의 가치는 떨어지고 물건 값이 비싸지면서 소비가 대폭 줄어 안팎으로 어려움을 겪게 된 것이다.

주지사는 목재 가격이 떨어진 것을 감추지 않았다. 현수는 이게 마음에 들었다.

"좋아요, 지나에 수출하던 물량 전부 1㎥당 100달러에 가져가죠. 가공목은 140달러가 적당하겠네요."

거의 2011년도 수출가이다.

다시 말해 유가 하락 때문에 루블화 가치가 폭락하기 전의 가치로 매입하겠다는 뜻이다.

"저, 정말요…? 아이고, 이거 정말 고맙습니다."

주지사는 자리에서 벌떡 일어나 고개까지 숙인다. 제일 큰 골칫거리를 단숨에 해결해주니 어찌 안 그러겠는가!

"결재는 달러화나 유로화 중 원하시는 걸로 해드리죠."

지금과 같은 시국에 막대한 외환의 유입은 이르쿠츠크뿐만 아니라 러시아 중앙은행도 돕는 효과가 있다.

세르게이 레브첸코와 푸틴을 동시에 살려주는 셈이다.

"아이고, 감사합니다, 진짜 감사합니다."

"에고! 안 이러셔도 됩니다. 필요해서 구입하는 거니까요."

"그래도요. 저희는 이게 제일 큰 문제였습니다. 목재가 우리 주(州) 재정 기여도의 30%가 넘었으니까요."

예전엔 목재가 20% 정도 비중이었는데 경기가 나빠지면서 다른 분야까지 동반 침체되어 수출 물량이 줄어들었음에도 거꾸로 기여도가 크게 늘어나 있었던 것이다.

다시 말해 이르쿠츠크 주정부는 망하기 일보 직전이었다. 그걸 단숨에 해결해준 셈이니 이처럼 환히 웃는 것이다.

하지만 현수에겐 대수롭지 않은 일이다.

목재가 눈앞에 놓인 것도 아니고, 돈을 지불한 것도 아니며, 몽땅 선금으로 지불하더라도 그리 큰돈이 아닌 것이다.

하여 별일 아니라는 표정으로 대꾸한다.

"해결된다니 다행입니다."

"네, 축배를 들어야 할 타이밍이군요."

Chapter 09

―

신혼여행은 여기로

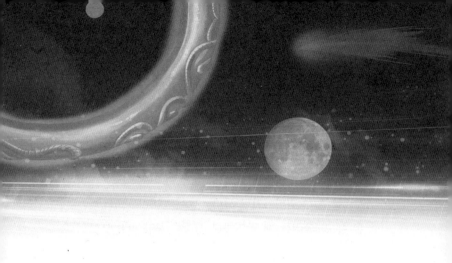

　세르게이 레브첸코 주지사는 몹시 흥분된 표정으로 수행원들을 불러 빨리 준비한 것을 내오라 하였다.

　잠시 후, 러시아 최고급 보드카 중 하나인 벨루가(Beluga) 골드라인과 망고주스, 그리고 맥주와 각종 안주들이 나왔다.

　그중엔 훈제 오물도 포함되어 있다.

　벨루가 골드라인은 제품마다 고유번호가 있고, 주둥이가 왁스로 봉해져 있어서 함께 포장된 망치로 깨서 개봉하는 방식이며, 전용잔이 같이 포장되어 있다.

　참고로, 한국에서 구입하려면 700㎖짜리가 40만 원이 넘는다. 망치와 전용잔이 제외된 가격이다.

주지사가 손짓하자 수행원 중 하나가 다가와 조심스레 마개를 따곤 물러선다. 세팅은 금방 끝났다.

"자아! 한 잔 받으시죠."

주지사가 연장자이지만 현수는 손님이다.

그리고 푸틴의 귀빈이면서 동시에 이르쿠츠크의 어려움을 해결해줄 절대 귀빈이기도 하다.

술 한 잔 올리는 게 당연하다 생각한 모양이다.

"네. 고맙습니다."

주지사가 먼저 술을 따라준다. 현수도 잔을 채워주었다.

"하인스 킴 대표님의 건강을 위하여 한 잔 하죠."

"그럼 저는 주지사님의 건강을 위하여 한 잔 하겠습니다."

둘은 서로를 마주 보고 싱긋 웃음 짓고는 단숨에 잔을 비웠다. 40도짜리 술 치고는 목 넘김이 부드러웠다.

"와우, 이 술 괜찮네요."

공치사가 아니라 실제로 꽤 괜찮다는 느낌이었다.

"오~! 마음에 드십니까? 다행입니다. 한 박스 실어놨으니 허리띠 풀고 한번 마셔보시죠, 하하하!"

이보다 훨씬 도수가 높았던 엘프주에 단련된 현수이다. 한 박스 아니라 한 트럭을 마셔도 상관없다.

그런데 주지사는 불곰국 사람답지 않게 술이 약한 모양이다. 겨우 한 잔 마셨을 뿐인데 벌써부터 불쾌해진다.

발음도 조금 전과 살짝 달라졌다. 겨우 한 잔에 혀가 말릴 정도면 '알쓰' 라는 뜻이다.

참고로, 알쓰는 '알코올 쓰레기' 의 준말로 술을 못 마시는 사람을 뜻하는 신조어이다.

"스트레이트는 조금 독하니 주스에 탈까요?"

"그러시겠습니까?"

기다렸다는 듯 반색한다.

주지사는 술을 즐기지 않는다.

몸에서 받지 않아서이기도 하지만 정치인으로서 조금이라도 실수하면 정적의 공격 빌미가 되는 때문이다.

실제로 술 때문에 인생 망치는 사람이 얼마나 많은가!

음주운전도 위험하지만 스캔들도 문제이다.

술에 취해 성희롱이나 성추행을 하다 잘못되면 자리를 잃는 것으로 끝나지 않는다. 하여 웬만해선 술을 마시지 않는다.

하지만 오늘 이 자리는 다르다.

망해버린 지나 때문에 발생된 목재수출문제 해결은 전적으로 주지사의 공이 된다. 이것만으로도 차기 확정이다.

그러니 어찌 기쁘지 않겠는가!

잔에 얼음을 넣고 망고주스를 따른 후 보드카는 소주잔으로 반잔 정도만 넣었다.

도수를 확 낮춰서 마셔보니 달달하다.

"목재 이야기를 이어갈까요?"

"그래주시면 고맙죠."

"그럼 제 비서를 부르겠습니다. 주지사님도 부르시죠."

"네! 잠시만요."

잠시 후 선상회의가 시작되었다.

어떤 품질의, 어떤 목재를, 언제, 어디까지 운송하고, 품목당 가격은 얼마로 할지에 대한 이야기가 오갔다.

밀라와 올리비아는 자기네 나라에서 목재를 구해도 되는데 왜 멀고 먼 이곳의 것을 가져가야 하느냐고 물었다.

거기서 수급하면 자국에도 이익이 되며, 운송비가 적게 든다. 일석이조라는 뜻이다.

하지만 우크라이나와 벨라루스의 임산물은 아직 방사능으로부터 완전히 자유롭지 못하다. 실제로 수출되었다가 방사능 때문에 반품되는 경우도 있었다.

방사능 정화장치를 쓰면 해결되지만 이야기하지 않았다.

왜 이곳의 목재를 사야 하는지 납득하자 둘은 아주 구체적인 것까지 따져 묻고 메모했다.

너무도 빠른 대화였기에 지윤만 꾸어다놓은 보릿자루 신세를 면치 못했다. 대학에서 러시아어를 부전공했지만 능수능란하게 구사하는 건 아직이기 때문이다.

"지윤 씨는 이리 와."

"네? 아, 네에."

현수의 곁 의자에 조신하게 앉았다.

"주지사님! 제 연인입니다."

"오! 그렇습니까?"

반색하며 손을 내민다.

"지윤 킴입니다."

"아! 그렇군요."

요 대목에서 주지사는 굉장히 큰 오해를 한다. 현수의 이름
이 하인스 킴이고, 지윤은 지윤 킴이라고 했다.

둘의 성(姓)이 같으니 혼인한 사이라 여긴 것이다.

"이렇게 보니 완전 선남선녀군요. 아주 잘 어울리십니다."

"그래요? 고맙습니다."

"반갑다는 뜻에서 한잔할까요?"

주지사가 건네는 술을 받는 지윤의 옆모습은 고혹적이다.

하여 신체의 일부분이 맹렬히 반응하려 했지만 현수는 현
자의 마음으로 이를 다스렸다.

그렇게 술자리가 계속되었다.

유람선은 하루 종일 바이칼호를 떠돌았고, 선상회의는 오후
늦게까지 계속되었다.

호텔에서 준비해 준 음식을 먹어가며 난상토론 비슷한 회의
가 이어지는 동안 현수와 지윤은 선수에 서서 바이칼호의 풍
광을 눈에 담고 있다. 주지사는 금방 곯아떨어져서 비서진의
부축을 받아 선실로 간 상황이다.

"사랑해요."

"나두."

지윤의 어깨를 당겨 안자 빙글 돌아 품속을 파고든다.

"오늘 밤, 자기의 여자가 되고 싶어요."

나직이 속삭인 말이다. 아마도 올리비아의 가슴 때문에 충격을 받은 모양이다. 어찌 무슨 뜻인지 모르겠는가!

"새 침구가 아닌데?"

첫날밤을 치르려면 새 침구가 필요하다는 뜻이다.

"호텔에 준비해달라고 하면 안 돼요?"

여자로서 할 말은 아니지만 용기를 냈나 보다.

"뭐가 조급한 건데?"

"그냥요. 한민족의 시원(始原)이 여기 바이칼호라는 걸 어디선가 봤어요."

이것은 한민족과 같은 몽골로이드 계통 민족의 발원지가 바이칼호 주변이라는 설(說)에 기인한다.

오래전, 바이칼호 주변은 지금처럼 춥지 않아서 고대 인류가 곳곳에서 부족을 이루고 살았다.

그러다 신석기 시대 때 빙하기가 닥쳐오자 일부가 한반도까지 내려왔다는 것이다.

EBS에선 2005년 10월에 '한민족 뿌리 탐사, 바이칼을 가다' 라는 다큐멘터리를 방송했다.

내용은 바이칼호 주변 몽골족 일파인 '부랴트족'과 한민족이 DNA 등 유전적 계보에 유사점이 많다는 것이다.

이 같은 인종적 특징 외에도 샤머니즘적 관습과 설화의 유사성도 있다.

돌무덤과 솟대, 그리고 오방색 천으로 꾸며진 성황당은 이 지역 샤머니즘 특색과 상당히 유사하다.

그리고 인당수에 몸을 던진 '효녀 심청'과 '선녀와 나무꾼' 설화가 이곳에도 매우 비슷한 형태로 구전(口傳)되고 있다.

내용을 전부 나열할 수는 없지만 80% 이상이 일치한다. 한반도와 이곳은 상당히 먼 거리이다.

따라서 이 정도로 일치한다면 원래는 같았다고 봐야 한다. 구전되어 오는 동안 약간씩 변형되는 것이 합리적이다.

이런 여러 이유로 한민족의 발원지가 바이칼호 주변이라는 설(說)이 힘을 얻고 있다.

"오늘 첫날밤을 치르고, 당신이 내 아이를 낳고, 훗날 내가 위대해지면 여기가 우리의 발원지가 되게?"

"…부끄러워요."

지윤은 현수의 품에 고개를 묻었다.

"그럼 신혼여행을 여기로 와야겠네."

"네…? 그럼 오늘도…?"

또 거절이냐는 뜻일 것이다.

"그래! 내가 좀 보수적이라서…. 그러니 결혼하면 이리로 신혼여행을 오자. 새 침구를 가지고…."

"…네에."

"대신 오늘은 꼭 안아줄게."

"하으…!"

현수는 지윤을 안은 팔에 힘을 주었다. 결혼 약속을 받은
기분인지 나직한 신음을 낸다.

$$* \qquad * \qquad *$$

"도로시! 진행상황 보고해."

"어떤 것부터 말씀드릴까요?"

"북한 쪽 상황!"

"두만강과 압록강 너머로 계속 정찰대를 파견하고 있어
요."

"거기 아무것도 없다며."

"네! 국경을 기준으로 300㎞ 이상이 완전 수렁으로 변했어
요. 그래서 가는 족족 빠져들고 있어요."

"그래? 그래서 몇이나 죽었는데?"

"처음에만 전부 죽었는데 지금은 밧줄로 연결하고 다녀서
목숨은 잃지 않아요."

"가봤자 아무 소용없지?"

"네! 풀 한 포기 남은 거 없어요."

"내부는?"

"지나로부터 들어오던 각종 물자가 끊기면서 난리가 났죠. 식량과 연료 모두 부족해서 비상사태 선언 직전이에요."

북한은 미국으로부터 각종 제재를 당하는 중이다. 이미 무용지물이 되어버린 핵무기를 포기하지 못해서이다.

이 와중에 의식주와 직접적으로 관련된 문제가 발생했으니 난리가 난 것이다.

"거기 지도자는?"

"신장 170cm에 체중이 130kg이에요. 멀쩡할 수 없는 몸이죠. 게다가 물자 부족 때문에 스트레스가 매우 심했고, 가족력으로 이어오는 심혈관 계통 문제 때문에 당장 쓰러져도 이상이 없을 정도예요."

"아주 심해?"

"네! 오늘 아침에도 한 번 졸도했어요."

"그래? 그럼, 휴머노이드 파견은 끝났어?"

"그럼요! 벌써 보내놨지요."

"거기서 뭐 하고 있는데?"

"지도자와 그의 최측근의 일거수일투족을 들여다보고 있죠. 자세, 어투, 식습관 등을 학습하는 중이에요."

"그래? 그거 잘했네. 그럼 이제 대체작업 진행시켜."

"알겠어요. 잠시만요."

말 나온 김에 지시를 하는 모양이다. 대체를 위한 사전 학습은 거의 완벽하게 끝나 있는 상태이다.

따라서 현재의 지도자를 아공간에 넣고 같은 모습으로 대리하라는 명령을 내리고 있다.

원래의 역사대로라면 2020년쯤 쓰러지고 영영 일어나지 못하게 된다. 4년쯤 일찍 세상과 하직하지만 평생 호의호식하며 떵떵거렸으니 여한은 없을 것이다.

"자리 잡으면 내게 초청장 보내라고 해."

"긴급지원 요청 정도면 되겠지요?"

"그래. 국빈으로 초청하라고 해."

"알겠어요. 분부대로 할게요."

조만간 북한의 지도자로부터 아주 정중한 초청장이 당도하게 될 것이다.

대외적으로는 지금 당장 필요한 식량과 연료를 구하기 위해 돈을 빌려달라는 것이다.

지난 3월 UN 안보리는 대북제재 결의안을 채택한 바 있다. 다음이 그 내용이다.

① 북한에 대한 항공기와 로켓 연료의 제공 금지

② 북한에서 석탄과 철광석, 희토류 등의 수입 금지. 그러나 국민 생활에 영향을 미치지 아니하는 범위로 한다.

③ 북한에 입 · 출항하는 화물선에 대한 검사의 의무화

④ 북한에 대한 무기 수출 금지

⑤ 북한의 원자력산업자원부(핵개발 부서)와 국가우주개발국 (미사일 개발 담당부서)등 12단체와 17 개인의 여행 금지와 자산 동결

⑥ 북한 은행의 신규 지점 개설 금지

이번에 대통령에 당선된 도널드 트럼프는 위의 결의안에 다음과 같은 것들을 추가할 계획이다.

① 북한산 석탄, 철, 해산물 수출 봉쇄
② 북한 노동자의 해외 송출 금지
③ 북한과 신규 합작 투자 금지

이렇게 되면 북한의 수출 물량은 단숨에 3분의 1 이상 감축된다. 끝까지 핵무기를 포기하지 않겠다면 어디 한번 죽어보라는 뜻이다.

식량과 원유 중단 조치도 취하고 싶겠지만 그랬다가는 이판사판으로 핵무기를 날릴 수 있기에 슬쩍 빼준 것이다.

아무튼 국제사회는 강경한 경제 제재를 가하고 있다. 하지만 현수 개인은 그로부터 완전히 자유롭다.

필요하다면 원유와 식량을 공급해도 제재할 방법이 없다. 개인이며, 현수 뒤를 푸틴이 받쳐줄 것이기 때문이다.

아무튼 북한 집어삼키기 작전이 시작되었다.

　　　　　　＊　　　　　　＊　　　　　　＊

"한국은 어때?"

"기레기 청소는 마무리 단계예요. 거의 다 죽었거든요."

"그래, 쓰레기는 빨리 치우는 게 상수야."

"신문사들은 어떻게 되었어?"

"불교와 가톨릭 신문만 남고 모조리 도산했죠."

"그거 잘됐군. 속이 다 시원하다. 방송사와 종편방송은?"

"마찬가지예요. 국영방송사를 뺀 나머지 모두 문 닫았어요."

"그럼, KBS만 남은 거야?"

"아뇨! KBS는 공영방송사예요."

대한뉴스의 후예인 KTV 국민방송과 국회방송, 그리고 국군방송과 TBN 한국교통방송 등이 국영방송사이다.

"그랬어?"

"네! KBS는 시청료를 걷으니 살아남았고, 국영방송사 중 국회방송은 휴업 상태예요. 국회의원 대부분이 죽었잖아요."

"그래! 죽어 마땅한 것들이 죽은 거지."

현수는 당연하다는 듯 고개를 끄덕인다.

총선을 할 때면 한 표 달라고 국민들 앞에 고개를 조아리던 것들이다. 그런데 당선만 되면 뒷목에 깁스라도 한 듯 뻣뻣

하게 굴던 놈들이 대부분이다.

민의를 대변하라고 국회에 보냈지만 사익을 추구하느라 다른 것은 안중에도 없던 쓰레기만도 못한 것들이기도 하다.

이런 것들은 보이는 족족 제거하는 것이 정답이다.

못된 인간이 개과천선하는 것은 하늘의 별을 따는 것보다 어려운 일이기 때문이다.

"그럼 새 방송사 설립 준비는?"

"건물은 준비되어 있어요. 기자재는 마음만 먹으면 언제든 갖출 수 있고요. 현재는 인적자원 옥석을 가리고 있어요."

"100번쯤 검증한 후에 채용하도록 해."

다니던 회사가 망한 후의 활동까지 들여다보라는 뜻이다.

뼛속 깊은 곳에 숨겨놓았던 진심을 검증할 시간을 가져도 된다는 뜻이기도 하다.

"전적으로 농의해요."

"친일파 동상 파괴 및 파묘 작업은?"

"진행하고 있어요. 말씀하신 대로 동상은 부수고 있어요. 친일파의 시신은 아공간에 담아뒀다가 갈아서 오물에 버무리라고 했어요."

"그거 다 되면 야스쿠니 신사와 서거, 그리고 총리공관에 뿌리는 것 잊지 마."

"네! 적당한 습기 및 점성을 유지하라는 지시도 잊지 않고 있어요."

"가서 그거 하는 김에 왜놈들이 가져간 문화재 수거해."

"네? 뭘 수거해요?"

"몽유도원도, 지장십왕도, 수월관음도, 금동 비로자나불 입상, 이천 향교방석탑, 평양 율리사지 팔각오층석탑 등 6만 8천여 점 이상이 있을 거야."

"헐! 그걸 다 가져오라고요?"

"반드시 다 가져오라는 건 아냐. 가능한 많……! 알지?"

"네. 알겠어요. 그러라고 할게요."

"참! 그거 가져올 때 왜놈들 유물은 전부 부숴 버려."

"……!"

도로시가 뭐라 반응하기도 전에 현수의 말이 이어진다.

"전시했던 공간도 부숴 버리고."

"거기 박물관을 다 뽀개 버리라고요?"

"응! 그리고 간 김에 미쓰비시와 미쓰이, 스미모토 같은 전범 기업들 파악해서 생산설비 전부 파괴하고 와."

"네에?"

갈수록 태산이라는 듯한 반응이다.

왜정시대 때 한반도로 진출하여 국민들을 강제로 동원했던 일본 기업은 1,493개이다.

2016년 현재엔 이 중 300여 개가 남아 있다.

"전범기업의 생산설비를 전부 파괴하라고요?"

"응! 복원 불가능하게 파괴해."

"알겠어요."

현수가 일본에 대해 손톱 끝만큼도 좋은 감정이 없음을 알기에 즉각 대꾸한다.

"그리고 그놈들이 사용하는 컴퓨터도 복원 불가능하게 물리적으로 작살내. 참, 데이터 삭제는 지금도 가능하지?"

"물론이에요."

"가능한 빠른 시간 내에 시스템을 작살내고. 전범기업들의 해외 금융자산은 전부 압수해."

"전부요?"

"응! 전부……!"

이번에도 아주 단호하다.

"근데 그렇게 하면 톱니바퀴처럼 맞물려 돌아가던 국제 경제에 문제가 생겨요."

"지금 한국이 완전히 봉쇄된 상태지?"

"네, 모든 수출입은 물론이고, 입출국까지 모두 막혀 있죠."

"그런 한국에 도움의 손길을 베푼 나라가 있어?"

"그건…, 폐하의 처벌을 무서운 전염병으로 오인해서……."

한국과 교역을 하던 모든 나라에 문제가 생겼다.

물건을 팔아먹던 국가도, 한국의 것을 수입해가던 나라도 모두 비상이 걸린 상태이다. 특히 반도체를 수입하던 업체들은 비명을 지를 정도가 되었다.

이들 모두 한국과의 교역을 통해 적지 않은 이익을 보았다. 그런 한국이 위기에 처했다.

그럼에도 도움의 손길을 베푼 기업이나 국가는 없다.

오히려 빨리 꿔간 돈 갚으라는 채근만 했을 뿐이다.

그중 가장 얍삽했던 것은 이번에도 일본이다. 그래놓고 또 IMF 사태가 빚어지길 기도했을지도 모른다.

어쨌거나 국제사회는 한국을 주시하고 있다.

자신들이 필요로 하는 물건을 생산해냈거나 자국으로부터 원가를 구입했던 나라이기 때문이 아니다.

언제 망하는지 시기를 저울질하고 있다. 집어삼키고 싶은 기업 또는 기술이 탐나는 때문이다.

아무튼 현수가 없었다면 대한민국은 또 한 번의 IMF 사태를 맞이할 뻔했다.

같은 시기에 지나가 궤멸적 타격을 입고 국가 체제가 붕괴되었다. 엄청난 홍수로 인명만 사라진 것이 아니다.

장강 이북 지역의 수많은 물품을 생산하던 공장들 모두 사라져 버렸다. 몽땅 다 질은 수렁 속으로 빠져들었으므로 재기의 기회조차 없을 것이다.

게다가 각종 전염병이 창궐하면서 중세 이전의 세상으로 되돌아가는 중이다.

이에 세계 경제는 혼돈의 소용돌이에 휘말린 상태이다. 여기에 일본이 추가된다고 크게 달라질 것은 없다.

앞으로는 각자도생(各自圖生)만이 정답이라는 교훈을 얻게 될 것이다. '각자 스스로 제 살 길을 찾아야 한다' 는 뜻이다.

이로서 세계의 분업시대는 막을 내린다.

이번 일로 일본은 대혼란에 빠져들게 된다.

기업들의 연쇄도산이 이어지는 동안 엔화 폭락이 가속화되는데 이를 방어할 외환이 부족한 때문이다.

결국 IMF에 구제금융을 신청할 수밖에 없을 것이다.

도로시는 모든 수단을 강구하여 외부로부터의 수혈을 막을 것이다.

일본이 국채를 발행하겠지만 국가신용등급을 투자부적격 (C 또는 D) 수준으로 끌어내리는 정도면 괜찮을 것이다.

이렇게 하면 일본 정부가 발행하는 국채는 정크본드가 된다. 참고로, 정크(Junk)는 '쓰레기', 본드(Bond)는 '채권'을 뜻하므로 직역하면 '쓰레기 같은 채권' 이다.

정상적이라면 이런 것에 투자하면 안 된다. 자칫 원금 전부를 날릴 수 있는 때문이다.

따라서 일본 정부가 발행하는 채권은 이자율이 매우 높아야 한다. 안 그러면 거들떠보지도 않는다.

일반적이라면 고 위험을 감수하고서라도 고 수익을 얻으려는 투기세력 펀드가 만들어지겠지만 이번엔 다르다.

300개 전범기업은 일본의 중추나 마찬가지이다.

이들 전부가 망한다면 다시 일어나는 것은 요원(遼遠)한 일이 된다. 참고로, 요원이란 '아득히 멀다'는 뜻이다.

　일본 국채를 사면 다 날릴 확률이 어마어마하게 높은 것이다. 따라서 외부 수혈은 거의 없을 것이다.

　한국이 겪었던 IMF 구제금융 때보다 더 나쁜 상황이 되면 도로시가 나서서 쓸 만한 특허권만 헐값에 사들일 것이다.

　"가는 길에 에이프릴 증후군도 퍼뜨리고 와."

　"네? 무슨 말씀이신지요?"

　"전에 그랬던 것처럼 특정 종교 전도를 위해 밀입국한 것처럼 꾸미라고."

　"데스봇이나 변형캔서봇을 투여하라는 말씀이신 거죠?"

　"그래! 많이는 말고 각각 1만 개씩만 써."

　"그럼, 누굴 대상으로 할까요?"

　"한국인이면서 일본 옹호에 앞장서는 나팔수들 몇 있지? 그리고 혐한을 주도하는 놈과 재일 교포를 노골적으로 괴롭히는 재특회 멤버들이 1차 대상이야."

　"애걔, 그 정도로 되겠어요?"

　도로시가 웬일이란 말인가!

　"아니! 멍청한 수상은 놔두고 내각 각료 전부! 그리고 전범기업의 수장들과 자위대 핵심 지휘부도 포함시켜."

　"알겠어요. 정도는요?"

　"데스봇은 레벨 4정도로 시작해서 한 달에 1레벨씩 올라가는 것으로 하고, 변형 캔서봇은 6개월 정도에 사망토록 해."

"제거가 목적이시면 다른 방법도 있어요. 레벨 조절만 적당히 하면 굳이 아까운 나노봇을 쓰지 않아도 되잖아요."

"그럴까? 그럼 죽을 것 같은 고통이 사흘마다 반복되도록 조치해."

"알겠어요. 그럼 변종 에이프릴 증후군쯤으로 알겠군요. 그럼 기간은 얼마나 할까요?"

"죽을 때까지!"

"알겠어요. 큰 고통, 사흘마다 반복, 죽을 때까지요."

12시간 간격으로 1시간 동안 죽을 것 같이 아플 것이다.

"그래! 그러면 적당해. 전염되는 것처럼 하는 것 잊지 말아. 일본도 봉쇄되어 봐야 하지 않겠어?"

"네, 알겠어요."

수출입과 입출국이 모두 끊기고, 일본인과의 접촉을 꺼리게 만들 목적이다. 이렇게 하면 일본의 멸망은 가속화될 것이다.

"근데 왜 고통을 반복시켜요?"

"나중에 약 팔아먹으려고."

이건 병 주고 약을 주려는 것이 아니다. 병을 주고 일본의 금은보화를 긁어오려는 것이다.

향남제약단지에 위치한 Y—메디슨에서 생산될 진통제는 문제가 된 가 있는 약이다.

크기는 일반 소화제 정도인데 가격은 당연히 비싸다. 고통을 겪고 싶지 않으면 사흘에 한 번씩 복용해야 한다.

이 약의 이름은 페인킬러이고, 한 알 가격이 대략 100만 원 남짓 될 것이니 적지 않은 부담이 될 것이다.

매우 비싼 것 같지만 이보다 비싼 약들은 많이 있다.

예를 들자면 다음과 같다.

전신홍반루프스 치료제인 악타젤(H.P. Acthar Gel)로 1년 동안 치료받으려면 2억 4,000만 원을 지불해야 한다.

혈관부종치료제인 신라이즈(Cinryze Inj)는 2억 7,000만 원, 낭포성 섬유증 치료제인 칼리데코(Kalydeco Tab)는 3억 6,000만 원이 있어야 한다.

뮤코다당증 VI형 치료제인 나글라자임(Naglazyme Inj)은 1년 치료비가 5억 7,000만 원 정도이다.

마지막으로 발작성 야간 혈색소뇨증의 유일한 치료제인 솔리리스(Soliris Inj)는 6억 3,000만 원 정도가 필요하다.

사흘에 한 번 100만 원씩 지불한다면 1년에 약 1억 2,000만 원 정도가 드니 위에 언급된 약들보다는 훨씬 저렴하다.

"디오나니아 열매 분석자료를 준비해야겠군요."

이것은 부작용과 거부반응이 없는 진통제 원료이다.

"그래! 적당히 연구한 척 자료 준비해서 Y—메디슨 민윤서 대표에게 건네줘."

"넵! 알겠어요."

"근데 자기 밖에 모르는 쓰레기 같은 종교에 대한 처벌은?"

"종교단체 소유 건물은 계속 부수고 있어요. 근데 너무 많아서 시간이 조금 걸릴 것 같아요."

"그래? 얼마나 많기에 그래?"

"바퀴벌레도 아닌 것이 얼마나 많이 알을 까놓았는지 전국 방방곡곡 없는 데가 없어요."

"헐…! 그래?"

"심지어 사람도 안 사는 산골짜기 안에도 있더라구요."

"아무리 많아도 전부……! 알지?"

"그럼요, 당연하죠. 그렇지 않아도 하나도 남김없이 몽땅 다 가루가 되게 하라고 했어요."

"좋아! 인적청산은?"

"그 역시 진행 중인데 예상보다 인원이 많더라구요. 그래서 말인데요. 처벌 수위를 조금……."

도로시가 이렇게 이야기 했을 땐 상당하다는 뜻이고, 처벌을 완회해 달라는 의미도 닦고 있음을 안다.

"아니! 1,000만 명이 늘어나도 그대로 처벌해!"

안하무인, 후안무치, 그리고 욕심만 사나운 이기주의자 집단이다. 게다가 온갖 사회분란만 조장한다.

어찌 그냥 놔두고 보겠는가!

Chapter 10

일본 멸망 작전

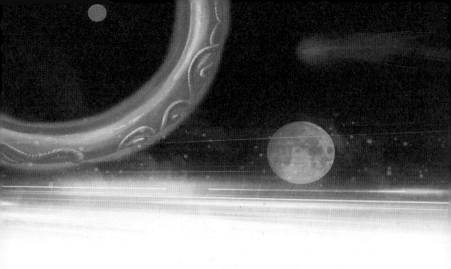

　현수가 1,000만 운운한 것은 이번 기회에 사회악이 되어버린 특정 종교를 영구히 제거하기로 마음먹은 것이다.

　"…네."

　"이미 은퇴한 것들까지 깡그리… 알지?"

　"네! 그렇게 할게요. 근데 그냥 뇌사상태로 만드는 건 처벌이 조금 약한 거 아닌가요?"

　실제로 약해서 하는 말이 아니다. 다른 방법을 강구하다 보면 혹시라도 처벌이 완화될까 싶어서이다.

　"그래? 하긴, 그렇게 하면 너무 쉽지. 단숨에 뇌사로 가면 고통을 느끼지 못하니까. 중추신경이든 미주신경이든 최대한 통증을 느낄 수 있도록 하는 방법 있지? 그걸 뭐라고 했지?"

이곳으로 오기 전, 서기 2023년에 미친 과학자가 하나가 출현했다. 그는 일본인이었는데 우연히 731부대장이 은닉해 둔 생체실험 관련자료를 입수하게 되었다.

참고로, 731부대는 2차 세계대전 때 일본이 하얼빈에 주둔시켰던 부대이다.

전쟁 포로 등 3,000여 명을 대상으로 각종 세균실험과 약물실험 등 온갖 악행을 자행한 바 있다.

그럼에도 일본은 2016년 11월 현재까지 731부대의 존재를 일관되게 부정하고 있다.

"그런 부대는 없었다."

731부대장이었던 이시이 시로는 패전하자 증거인멸을 위한 철저한 소각을 명령한 바 있다.

그 결과 일명 마루타라 불리던 400여 명의 생체실험 대상자들이 목숨을 잃었고, 그들의 시신은 불 태워졌다.

일본으로 돌아가서는 전범으로 처벌될 것이 두려워서 병사(病死)로 위장한 거짓 장례까지 치르기도 했다.

정말 개만도 못한 새끼임이 분명하다.

이놈은 연합국 최고사령부와의 밀실 교섭으로 전범 기소를 피하기도 했다. 731부대에서 행했던 여러 생체실험 데이터를 넘기는 것이 조건이었다.

실제로 미국은 이 데이터를 넘겨받는 대신 이시이 시로를 기소하지 않았다. 이런 걸 보면 미국도 괜찮은 국가가 아니다.

어쨌거나 개만도 못한 놈의 후손 중 하나인 와타나베 시로가 2023년에 등장했던 미친놈이다.

뒤뜰에 우물을 만들려고 땅을 파던 중 큼지막한 철궤 두 개를 발견했다. 이시이 시로가 미국에 넘겨주지 않고 은닉했던 731부대의 생체실험 자료 중 일부이다.

이걸 토대로 어떻게 하면 끊임없는 고통을 가할 수 있는가를 연구했다. 그리고 이 연구는 결실을 맺었다.

중추신경(中樞神經)과 미주신경(迷走神經)을 자극하여 엄청난 고통을 지속적으로 느끼게 하는 방법을 찾아낸 것이다.

개만도 못한 놈의 후손답게 변태 같은 연구를 한 것이다.

참고로, 중추신경은 말초신경과 연결되는 신경계통의 일부로서 뇌수(腦髓)와 척수(脊髓)로 이루어진다.

신경의 정보를 제어하고 해독한다.

미주신경은 뇌신경 중 가장 길고 복잡하게 분포하는 신경으로, 연수로부터 나온 신경섬유가 흉강과 복강의 여러 기관(위, 장, 폐)으로 가지가 연결된 것이다.

다른 뇌신경과는 달리 신체 전반으로 뻗어 분포 범위가 광범위하다.

와타나베 시로는 장난감을 위장한 '황홀선사기'를 만들어서 팔았다.

참고로, '선사' 란 존경, 친근, 애정의 뜻을 나타내기 위하여 남에게 선물을 준다는 뜻이다.

이것은 황홀은커녕 지독한 고통만 주는 장치였다. 그리고 선사가 아니라 증오 내지 저주를 퍼붓는 것이었다.

이를 가지고 놀던 아이와 청소년들은 끔찍한 통증을 지속적으로 감당해 내야 했다. 한번 자극되면 적어도 10분은 격렬한 고통을 겪어야 하는 때문이다.

황홀선사기는 이지메의 나라답게 다른 이들에게 고통을 주는 용도로 사용되기 시작하였다.

그 결과 적어도 300명이 넘는 청소년과 100명이 넘는 직장인들이 건물 옥상 등에서 뛰어내려 세상과 하직했다.

그리고 한동안 추락사한 시신 사진이 인터넷에 도배되었다.

피해자 가족들의 신고가 빗발치자 일본 경시청에서 나서서 와타나베를 체포하였고, 재판에 넘겼다.

그런데 아무런 처벌도 내려지지 않았다.

'살인사건이 일어났다고 해서 그 칼을 만든 사람을 처벌할 수는 없다.' 는 것이 법원 판결의 취지였던 것이다.

이 같은 판결은 지방재판소와 고등재판소 모두 동일했다.

나중에 알고 보니 판사들 모두 극우 군국주의 신봉자였다.

잔인무도하고 극악했던 731부대장인 이시이 시로를 존경하고 있었으며, 매년 야스쿠니 신사에 참배하던 것들이다.

무죄 판결을 받고 희희낙락하며 법원을 나섰던 와타나베 시로는 다음 날 아침, 시체가 되어 발견되었다.

팔다리가 모두 뽑혀 있었고, 목이 잘려 있다. 그리고 얼굴 중앙에는 목을 잘랐던 칼이 꽂혀 있었다.

이에 경시청은 법원의 판결에 앙심을 품은 피해자 가족 중 누군가가 범행을 저질렀을 것으로 판단하였다.

하여 집요한 추적이 시작되었다.

이를 비웃기라도 하듯 무죄 판결을 내렸던 판사들 역시 동일한 모습으로 발견되었다.

이것은 한동안 일본 전체를 떠들썩하게 했다.

법원의 판결에 불만을 품은 네티즌들은 이를 두고 악인두축(惡人頭蹴) 사건이라 명명했다.

풀이하면 '나쁜 놈 대가리 걷어차기' 사건이다.

판사들의 목을 베어낸 후 축구공 걷어차듯 했는지 안구가 터져 있거나, 이빨이 부러져 있었던 것이다.

즉각 경시청 인력이 총동원되어 샅샅이 뒤졌지만 누가 그랬는지는 끝내 밝혀지지 않았다. 이때까지도 일본엔 CCTV가 많지 않아 범인을 특정할 수 없었던 것이다.

어쨌거나 와타나베 시로가 만든 황홀선사기의 원리는 신경을 자극하는 것이고 이를 '지통법(持痛法)' 이라 하였다.

'지속적으로 통증을 느끼게 하는 방법' 이라는 뜻이다.

당시 이실리프 왕국으로 이를 밀수입한 자가 있었다.

당연히 압수되었고, 당사자는 즉각 국외로 추방되었다. 어떤 용도로 사용되는지 알고서 들어온 때문이다.

그가 보내진 곳은 살인 범죄가 가장 많이 일어나는 남미의 어느 국가였다. 인구의 절반 이상이 극빈층에 속하는 이 나라는 살인이 일상사였다.

정치인과 공무원, 그리고 마약상 뿐만 아니라 무고한 일반 시민들까지 하루에 100명 넘게 살해당하고 있었다.

1년에 3만 7,000명가량이 누군가의 손에 죽은 것이다.

미스월드대회에 출전을 앞두고 있던 자매가 같은 날 살해되기도 하였다.

아무튼 황홀선사기를 밀반입했던 자는 이 나라에서도 가장 살인률이 높은 우범지대로 텔레포트 되었다.

그리고 약 보름 후, 시체로 발견되었다.

그 기간 동안 어떤 일을 겪었는지 알 수는 없지만 온몸에 짙은 멍 자국이 있었고, 상처도 상당히 많았다.

채찍, 체인, 칼, 송곳, 양초 등에 의한 상흔인지라 지독한 변태 성욕자에게 붙잡혀 있었던 것으로 추정되었다.

어쨌거나 황홀선사기는 현수에게 보내졌다. 대체 어떤 물건이기에 그 같은 일이 빚어졌는지 궁금했던 것이다.

이를 받아 분석을 하던 현수는 문득 어디선가 비슷한 것을 본 적이 있다는 기시감[10] 을 느꼈다.

10) 기시감(旣視感) : 한 번도 경험한 일이 없는 상황이나 장면이 언제, 어디에선가 이미 경험한 것처럼 친숙하게 느껴지는 일

하여 뇌리의 기억을 더듬어보았다.

지통법은 마인트 대륙에서 사용하던 고문법의 초보적인 형태였다. 한마디로 흑마법사들이 몇 수 위였던 것이다.

마인트 대륙에선 이를 '통극(痛極)'이라 칭했다.

글자 그대로 풀이하자면 '통증의 끝', 영어로는 'End of pain'이다.

잔인하고, 인정머리 없기로 이름 난 흑마법사들이 이런 명칭을 붙였으니 그 효과가 얼마나 대단하겠는가!

의식을 잃은 상태라 할지라도 저절로 몸이 들썩일 정도로 끔찍한 통증을 느끼게 된다.

뇌사상태라 해도 고통을 겪는 건 마찬가지일 것이다. 영혼까지 상처를 입히기 위해 만든 것이기 때문이다.

아무튼 통극은 1단계부터 10단계로 구분되어 있다.

1단계는 한 시간쯤 끔찍한 고통을 느끼는 것이고, 10단계는 잠시도 쉬지 않고 30일간 지속되는 것이다.

1단계만 되도 아파 죽겠다고 펄펄 뛰다가 건물 옥상에서 뛰어내리는 놈들이 속출한다.

하긴 한 시간 내내 온몸이 불에 타는 듯 극렬한 고통이 지속적으로 느껴지니 차라리 죽는 게 나을지도 모른다.

하물며 10단계는 어떠하겠는가!

방금 전 도로시는 특정 종교인들에 대한 처벌이 너무 약하다는 말을 했다. 그 순간 현수의 뇌리로 통극이 떠올랐다. 그간 생각해 내지 못하고 있던 것이다.

"그럼 통극 10단계를 시전하도록 해."

잠깐 동안 특정 부위에 고주파를 쏘면 되는 일이니 그리 어려운 임무는 아니다.

"네에? 토, 통극요? 그것도 10단계를요?"

"그래! 그동안 지은 죄가 있는데 편안히 뇌사 상태로 있다가 그냥 죽는 건 도로시의 말처럼 너무 관대한 처사야. 그러니 통극 10단계를 시전해."

뇌사 상태이니 아무리 고통스러워도 스스로 건물에서 뛰어내릴 수 없다. 따라서 30일 내내 지독한 고통을 겪게 된다.

지금까지와 달리 병상에 누워 벌벌 떨거나, 신체의 일부분이 제멋대로 펄떡거리게 될 것이다.

가족이나 의료진이 보면 의식이 돌아왔나 싶겠지만 전혀 그렇지 않다. 산 낙지를 썰어놓으면 제멋대로 꿈틀거리는 것과 유사한 상황이기 때문이다.

가족과 의료진은 얼마나 큰 고통을 경험하는지 전혀 알지 못하므로 통증 경감 없는 '즐거운 시간'을 보내게 될 것이다.

조선시대 고문법 중 압슬, 주뢰, 낙형, 난장 등이 있다.

압슬(壓膝)은 사금파리[11] 위에 무릎 꿇려놓고 그 위에 무거운 돌을 올려놓는 것이다.

주뢰(周牢)는 양다리를 묶은 뒤 다리 사이에 굵고 큰 주릿대

11) 사금파리 : 사기그릇이 깨진 작은 조각으로 날카롭고 단단함

를 끼우고 양쪽으로 비틀어 정강이를 비트는 고문법이다. 사극에서 주리 트는 장면이 나오는데 바로 이것이다.

낙형(烙刑)은 불에 달군 쇠붙이로 지지는 것, 난장(亂杖)은 여러 사람이 매로 일제히 구타하는 것이다.

이밖에 손톱 밑을 가시로 찌르거나 집게로 뽑아내거나 얼굴에 물수건을 덮어놓고 물을 뿌리는 등의 고문법이 있다.

통극은 이 모든 것이 동시에 이루어지는 것 이상의 통증이라고 생각하면 된다.

서민들은 한 푼이라도 모으려고 피곤한 몸을 이끌고 투잡, 쓰리잡을 뛰는 동안 '헌금 안 하면 죽어서 지옥 간다' 는 개소리나 지껄이던 것들이다.

아울러, 세금 한 푼 내지 않으면서 국가 발전에 저해되게 하거나, 친일 여론을 형성시키던 썩을 것들이다.

게다가 부동산 투기 등으로 집값을 올려놓아 서민들의 내집 마련을 더욱 힘들게 했던 개만도 못한 자식들이다.

죽기 전에 이 정도 고통은 겪어야 공평하지 않겠는가!

"통극 10단계는 조금 심하지 않은⋯⋯."

도로시의 말은 중간에 잘렸다.

"아니! 이건 황명이야. 그냥 통극 10단계 시전해!"

현수가 황명이라는 말을 들먹이자 도로시는 즉각 깨갱한다. 의지가 확고하다는 뜻이기 때문이다.

이런 때 반대하는 소리를 내면 점점 더 심해질 뿐이다.

"네, 황명을 받자와요. 그런데 신일호 형제들은 어디를 어떻게 해야 하는지 몰라요."

"왜? 다 프로그래밍 되어 있는 거 아냐?"

"예전에 폐하께서 너무 잔인하다고 프로그램을 삭제토록 하셨잖아요. 기억 안 나세요?"

약 1,800년 전의 일이라 가물가물하다.

"내가 삭제를 지시해…? 아! 기억났다. 맞아, 그랬지. 근데 도로시에게 그것에 대한 데이터가 없어?"

"네! 저도 삭제하라 하셔서 지웠어요."

"백업해 둔 거 없어?"

"있기는 하죠. 근데 그걸 사용하려면 폐하가 비밀번호를 말씀해 주셔야 해요."

"비번? 흐음! 뭐였더라?"

현수가 기억을 더듬고 있을 때 도로시가 입을 연다.

"다섯 분의 생신이에요."

"맞아! 권지현, 강연희, 이리나, 백설화, 그리고 테리나의 생일이었지. 870712880322……."

현수의 입에서 서른 자리 숫자가 흘러나왔다.

"다음은 2차 비번이에요."

"알아! 주민번호 뒷자리잖아. 20461192009811……."

이번엔 서른다섯 자리 숫자였다.

"네! 비번 모두 일치합니다. 그럼 통극에 관한 백업 자료 다

운로드합니다."

"그래! 확실하게 전달해."

"네! 걱정 마세요."

현수는 흡족한 듯 고개을 끄덕였다.

"한국 국내 산업 재편성은 어떻게 진행되어가?"

"마스터플랜에 맞춰 착착 진행되고 있어요."

한국은 자원만 부족할 뿐 우수한 인적자원이 많은 국가이다. 재정지원만 되면 무엇이든 만들 수 있는 나라이다.

*   *   *

도로시는 각 기업에 체질 개선을 요구하는 한편, 생산설비 자동화에 공을 들였다.

예를 들어, H 자동차 회사의 생산직 인원수는 3만 6,000명가량이다. 그리고 2,400여 개의 협력업체가 있다.

도로시는 협력업체까지 모두 인수하였다.

국내 경기가 극악인 상태가 되고, 수출이 봉쇄되면서 망하기 일보 직전이었는지라 인수는 어렵지 않았다.

특별한 사유가 없는 한 고용 승계를 약속했고, 대부분의 사업주는 하던 일을 계속할 기회를 부여하였다.

대부분 망할 상황이었는지라 사장에서 부사장으로 신분만 바뀐 경우가 대부분이다.

그럼에도 한시름 덜었다는 홀가분한 표정이다.

쌓여 있는 재고, 밀린 직원들 급여 및 퇴직금, 거래처 미지급금, 은행의 대출금 반환 압박 등으로부터 단숨에 빠져나왔으니 인수해주는 것만으로도 고맙다고 하였다.

아마도 골치 아픈 일에서 벗어나니 속 시원하다는 느낌이었을 것이다.

물론 현수가 정한 기준에 맞지 않는 사업주나 직원들은 인수 과정에서 모두 정리되었다.

그 후 자동차와 관련된 공장 8,600여 개를 신설하였다. 모든 소재와 부품, 그리고 장비를 직접 생산하기 위함이다.

이 모든 것들은 'Y-모터스'라 쓰인 깃발 아래 통합되었다.

원청이었으며 가장 규모가 컸던 것은 Y-모터스 조립 공장으로 명명되었다.

이밖에 Y-모터스 엔진 공장, Y-모터스 미션 공장, Y-모터스 쇼크 업소버 공장 등으로 개칭되었다.

이들 각자는 사업자 등록 번호가 다른 별도의 법인이다.

Y-모터스라는 거대 집합에 속하게 된 것 뿐이다. 필요에 따라 다른 업체에도 부품 혹은 소재를 공급할 수 있다.

다시 말해 다른 업체와의 교집합에 속하는 원소가 될 수 있다는 것이다.

각각의 원소는 위상(位相)이 서로 동등하다.

예전처럼 원청업체가 하청업체를 쥐어짜면서 향응을 제공

받는 등의 부조리가 일어날 수 없게 만든 것이다.

공통점은 Y—모터스라는 명칭을 쓴다는 것, 모두 Y—인베스트먼트가 투자한 기업이라는 것, 그리고 동일한 임금 체계와 동일한 사내 복지를 누린다는 것이다.

Y—인베스트먼트는 H 자동차의 주식 100%를 구입하였고, 현재 상장폐지 절차가 진행되는 중이다.

나머지 기업 모두 Y—인베스트먼트가 단독으로 100%의 지분을 소유한 단독 법인이 되었다.

상장폐지 사유는 굳이 외부에서 자금을 조달할 이유가 없는 때문이며, 경영 방침에 반하는 투자자들의 입김으로부터 완전히 자유롭기 위함이다.

아울러 외부에서의 시비를 사전에 차단하기 위함이다.

Y—모터스 그룹 생산품에는 일본산 소재, 부품 및 기술이 전혀 들어 있지 않다. 완전한 기술 독립이 실현되는 것이다.

협력업체라 쓰고 하청이라 부르던 기업들 대부분은 수출입 봉쇄와 장기 경기침체로 조만간 도산할 것이 분명했었다.

그런데 회사가 살아난 것만 뿐만 아니라 모두 정규직이 되었고, 동등한 대우를 약속받았기에 환호성을 질렀다.

곧이어 인원 재배치가 시작되었다. 동시에 모든 공장의 생산공정 자동화가 진행되었다.

가장 큰 조립공장은 생산직만 3만 6,000명이었는데 이를 300명으로 줄이고 3만 5,700명을 다른 공장으로 보냈다.

99.17%가 옮겨가는 것이니 갑론을박이 너무 심해서 누가 남을지는 제비뽑기로 결정했다.

남는 자는 환호했고 떠나는 자는 시무룩했지만 큰 불만은 없다. 망해서 잘리는 것보다는 훨씬 낫기 때문이다.

조립공장은 오전 9시에 출근하여 오후 6시에 퇴근한다. 주 5일 근무이며, 야근과 특근은 없다.

수입이 줄어든다는 불만의 목소리가 있었지만 직장인들이 그렇게도 바라는 '워라밸'과 '저녁이 있는 삶'이 보장되었다며 반색하는 이들이 훨씬 많았다.

이전의 노사합의는 모두 백지화되었다.

새로운 노조 결성은 자유지만 불합리한 요구는 절대로 받아들이지 않을 것임을 분명히 했다.

그럼에도 파업을 하게 되면 그 즉시 로봇을 투입한다. 인간이 없어도 됨을 보려주려는 것이다.

공장 파괴, 방화 등 고의 또는 악의적인 손실을 가할 경우엔 손해배상 청구와 동시에 파면될 것임도 주지시켰다.

그래도 뻗대면 추방이다. 가장 살인률이 높은 지역에 맨몸으로 떨궈지게 될 것이다.

그다음엔 어떻게 되든 상관치 않는데 정말 운 좋게 다시 입국하게 되면 또 다른 우범지대로 보내 버린다.

충분히 배려해주었음에도 계속해서 더 많은 걸 요구하는 것들과는 공존하지 않으려는 의도이다.

어쨌거나 생산직 사원의 99.17%가 줄어들었지만 생산에는 차질이 없다. 이전처럼 직접 생산라인에 서서 작업하는 것이 아니기에 가능한 일이다.

인간에게 맡겨진 임무는 원자재 투입과 청소 정도뿐이다.

지게차나 기타 운반장비를 다룰 줄만 알면 누구나 할 수 있는 간단한 일이다.

나머지 공정은 모두 로봇들이 알아서 한다.

이들 로봇의 유지 관리 역시 로봇이 하는데 일련의 작업 지시는 '중앙제어장치'가 맡는다.

말을 이렇지만 실제는 성능 좋은 컴퓨터이다. 이것을 관장하는 건 도로시이고, 아무도 손댈 수 없다.

가정용 PC 본체 크기이고, 아무런 특색이 없으며 조립라인 상부 들보 위에 설치되어 있어서 밑에선 보이지도 않는다.

그럼에도 불구하고 누군가 중앙제어장치까지 다가오면 사방 기둥에 설치된 레이저 건이 작동된다.

원래는 쥐나 곤충의 접근을 막기 위해 설치한 것이지만 사람이라도 목숨을 부지하긴 어려울 것이다.

내부자에 의한 기술 유출은 아예 불가능하다.

원료만 투입하거나 청소작업만 하는데 어찌 고급 기술에 접할 수 있겠는가!

연구와 디자인 부문은 아예 필요치 않다.

이미 수천 년이나 앞선 첨단기술과 디자인이 확보되어 있는데 뭐가 더 필요하겠는가!

회계 쪽도 필요 없다. 1원 단위까지 꼼꼼하게 계산해내는 도로시가 있기 때문이다.

따라서 관리직은 인사와 법무, 그리고 영업 파트 정도만 남는다. 없어서 못 팔 물건이 될 것이니 홍보부서도 필요 없다.

사실 원료 투입과 청소도 일꾼 로봇이 하면 된다. 다시 말해 완전 무인 공장도 가능한 것이다.

그럼에도 사람들을 고용한 것은 실업률을 낮춰주기 위함이다. 2,400여 개의 협력업체와 8,600여 개의 신설공장도 상황은 비슷하다.

예를 들어, 볼트(bolt)를 만드는 공장이 있다.

종업원이 원자재를 투입하면 저절로 최종 생산물이 만들어져 나온다. 이것의 품질은 국제기능올림픽에서 100년 연속 금메달을 딸 정도로 정교하고, 균일하다.

지치지 않고, 먹지 않으며, 급여를 요구하거나 파업을 하지 않는 일꾼 로봇이 태양광에서 얻은 에너지를 이용하여 생산하므로 최종 생산물의 가격은 놀랍도록 저렴하다.

이 공장에 고용된 인원은 18명이다.

실제론 12명만 일을 한다. 나머지 6명은 예비 인력이다.

이렇게 하여 고용된 총인원은 약 24만 명이다.

이 공장에서 제조하려는 것은 연비가 12배로 향상된 가솔린 자동차이다.

Y—모터스에선 소재와 부품, 그리고 각종 장비의 생산은 물론이고 조립까지 철저히 친환경 작업으로 진행된다.

그뿐만 아니라 소비자들이 사용하는 과정에서 발생되는 환경오염은 이전에 비해 1,000분의 1 이하로 줄어든다.

환경문제 때문이라면 굳이 수소나 전기 자동차를 쓰지 않아도 되는 것이다.

게다가 자동차 가격이 믿을 수 없을 정도로 저렴하다.

H 자동차의 풀 옵션 고급승용차는 4,982만 원이다.

한편, 동급 출력과 공간, 그리고 동등 수준 편의장치를 갖춘 Y—모터스의 것은 고작 1,000만 원 수준이다.

배기량이 적으니 자동차세가 줄고, 차량 가격이 저렴하니 취득세 및 자차 보험료도 크게 낮아진다.

참고로, 자동차세는 배기량 기준으로 매겨진다.

배기량	1,000cc 이하	1,600cc 이하	1,600cc 초과
cc당 세액	80원	160원	200원

이렇게 산출된 금액에 지방교육세 30%를 추가한 것이 최종적인 자동차세이다.

이 기준대로 계산해 보면 H자동차의 고급승용차는 연간 86만 8,920원을 자동차세로 납부해야 한다. 신차 기준이다.

Y—모터스의 신차는 8만 3,200원이다. 100원 내던 세금을

10원만 내는 셈이다.

차량 가격이 크게 줄었으니 자차 보험료 역시 당연히 줄어든다. 게다가 연료비가 이전의 12분의 1 수준이라 유지비 부담이 대폭 감소한다.

아울러 검증된 방법으로 설계 및 조립되어 잔 고장이 없어서 오랫동안 사용할 수 있어 1석 4조 이상의 효과가 있다.

H자동차는 승용 위주로 생산하고, K자동차는 상용 위주로 생산하여 전문성을 키울 계획이다.

화물차의 문제점은 디젤엔진이 내뿜는 매연이었는데 이를 극복할 완벽한 기술이 있다. 이걸 쓰면 된다.

두 회사의 정식 명칭은 'Y-모터스 승용'과 'Y-모터스 상용'으로 구분될 것이다.

S자동차는 완전 자율주행 전기자동차 제조를 위한 설비 개조가 진행되는 중이다.

당분간은 Y-그룹과 조차지에서만 사용할 예정이다.

국내 출시를 염두에 둔 공청회를 개최해보니 입에 거품을 물고 반대하는 것들이 있었기 때문이다.

반대하는 자들은 무 논리 또는 말도 안 되는 이유로 무조건 반대만 외친다. 너무도 어이가 없어 한글 창제를 극렬히 반대했다는 최만리가 떠올랐다고 한다.

하여 이들의 명단을 작성해 두었다.

Y-그룹으로부터 어떠한 혜택도 받을 수 없는 폐급(廢級)

인간으로 분류한 것이다.

나중에 자업자득의 본보기가 될 인물들이다.

이제 국내 사용을 하지 않을 것이므로 전기 자동차는 1회 충전으로 2,000㎞를 주행할 수 있는 성능으로 출고된다.

이미 도로가 개설되어 있는 북한과 체르노빌 일대의 조차지, 그리고 Y—시티에서 주로 사용될 예정이다.

또 다른 자동차 회사는 엔진 제조로 업종을 변경한다. 선박과 중장비, 전투기 등에 사용할 것을 만들게 된다.

반도체를 생산하는 회사들도 체질개선 중에 있다.

지금껏 나노 단위의 반도체를 만들었는데 수율을 높이는 한편 이보다 1,000분의 1이 더 작은 피코 단위 반도체를 만들어낼 준비를 하고 있다.

참고로, 마이크로(Micro)는 100만분의 1이고, 나노(Nano)는 10억분의 1, 그리고 피코I(Pico)는 1조분의 1, 펨토(Pemto)는 1,000조분의 1이다.

그리고 아토(Atto)는 100경분의 1이다.

따라서 1마이크로미터는 100만분의 1m를 뜻한다.

원래라면 삼성전자가 2019년 4월 16일에 5나노미터(㎚) 반도체 공정을 개발하는 데 성공했다는 발표를 한다.

그러면서 기존 7나노 대비 면적을 25%나 줄일 수 있고, 20% 향상된 전력 효율, 그리로 10% 향상된 성능을 제공한다고 설명하게 된다.

반도체 미세공정 분야에서 세계 최고의 기술을 가졌다는 걸 만천하에 공개하는 것이다.

이는 이대로 놔둔다. 삼성의 연구진들에 의해 개발되는 것은 세계 시장을 상대로 팔아먹도록 할 것이다.

별도로 지어지는 무인공장에선 나노가 아니라 피코 단위의 반도체가 생산된다. 이는 100% 대한민국의 Y―그룹과 이실리프 왕국 내에서만 사용된다.

지금 내놓으면 오파츠(Oopats)가 되는 때문이다. 이것은 Out Of Place ARTifactS' 를 줄인 것이다.

고대 유적 발굴현장에서는 가끔 기묘한 유물이 발견된다.

유적이 존재했던 시대에 전혀 존재하지 않았던 것이나 지금까지 제조법이 알려지지 않은 유물 등인데 이를 통칭해서 오파츠라고 부른다.

다시 말해 지금까지의 기술로는 만들어낼 수 없는 것이다.

삼성전자가 2019년에야 간신히 성공하는 5나노 공정보다 5,000분의 1이나 더 미세한 1피코 공정을 개발했다고 하면 누가 믿겠는가!

도로시는 이런 피코보다 훨씬 미세한 아토 공정이 적용된 기술의 집약체이다.

그리고 모든 공정에 대한 데이터를 가지고 있다. 그러니 피코보다 훨씬 미세한 펨토 공정 반도체도 내놓을 수 있다.

그런데 그걸 내놓고 공유할 이유가 있을까? 당분간은 피코 공정조차 드러내지 않을 것이다.

이 기술은 서기 2337년에야 개발되는 것이니 앞으로 321년 동안은 세계 최고의 기술이다.

이게 개발됨으로써 본격적인 소형화가 시작된다.

가정용 데스크톱의 본체가 1.5Volt짜리 D형 건전지만 한 크기로 줄어드는 것이다.

참고로, D형은 원통형 건전지 중 제일 큰 사이즈이다.

이보다 더 작게 만들지 못하는 이유는 그래픽 카드 등의 크기를 더 줄이지 못해서이다.

Chapter 11

—

좋은 말로 할 때 들어!

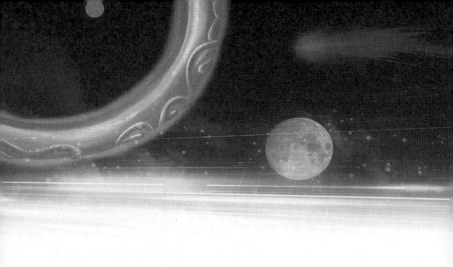

  아무튼 한국의 기업들은 생산에 필요한 모든 소재와 부품을 100% 국신화하는 중이다.

  수출입과 입출국 봉쇄가 풀리면 일본에서 깜짝 놀랄 것이다. 해제를 대비하여 재고를 잔뜩 쌓아놓았는데 달라는 소리를 하지 않을 것이기 때문이다.

  나중에야 국산화가 끝났음을 알게 되고 헐값에라도 가져가라고 하지만 이미 공정 세팅이 끝난 상태라 거저 줘도 쓸 수 없다며 거절한다.

  결국 한국에 소재와 부품 및 장비 등을 납품하던 일본 기업들은 연쇄 도산의 길로 접어들게 된다.

이로서 대일무역 적자는 확실하게 끝난다.

어쨌거나 한국 기업들은 현재 해외 공장들을 정리하고 있다. 인건비가 싸다고 외국으로 나갔는데 수시로 변하는 현지 상황에 따른 리스크를 감수해야 한다.

돈 들여 공장 설립하고, 현지인들 고용하여 급여를 제공하며, 현지에서 부품 조달을 받아 기술력을 키워주고 있는데 그런 불편을 왜 계속해서 감수해야 하는가!

한국의 기업들이 지나에 세웠던 공장 대부분은 일찌감치 철수했다. 하루에 1년 치 폭우가 매일 매일 쏟아지기 시작할 무렵 일제히 발을 뺄 것이다.

지나 공산당 정부가 강경하게 만류했지만 회사 지분의 95% 이상을 가진 대주주의 요구를 거절할 수는 없다.

메시지를 받자마자 빠르게 철수한 상장기업들은 큰 손실을 모면했지만 대기업들의 철수를 보고서도 늑장 부렸던 비상장 중소기업들은 완전히 거덜 났다.

몽땅 수렁 속에 잠겼으니 아무것도 건질 게 없어진 것이다.

천재지변인지라 보험 처리도 불가능하니 고스란히 손실을 감수할 수밖에 없을 것이다.

하여 여러 기업이 망했다. 이러니 누군가 진심 어린 충고를 할 때는 되도록 받아들여야 한다.

한국의 기업들은 지나 뿐만 아니라 미국, 멕시코, 베트남, 헝가리, 러시아 등 세계 곳곳으로 진출해 있다. 그중 동남아에 있는 것들도 빠르게 정리하라는 메시지를 보냈다.

대부분 철수했지만 일부는 아니다.

여러 이유를 대며 멈칫거리거나 오히려 투자를 늘리려는 움직임을 보였다. 하여 경영진을 교체했다.

그러곤 그간에 있었던 배임과 횡령 등을 신고했다. 아울러 회사에 끼친 손해를 파악하여 민사 소송도 진행시키고 있다.

이와 동시에 이전 경영진과 관련된 낙하산 인사에 대한 조사를 지시했다. 부정행위가 있었거나 업무능력이 수준 이하이면 당연히 해고이다.

그와 동시에 능력이 있었지만 빛을 발하지 못하던 인사들에 대한 파격적인 발탁이 발표되었다.

누구는 상승하고, 누구는 하락하여 나락으로 떨어졌으니 좋은 말로 할 때 들어야 한다!

"전에 지시했던 고액 체납자에 대한 조사 끝났지?"

"그럼요!"

"얼마나 안 낸 거야?"

"일단 서울시 체납자료 먼저 보고 드릴게요."

"그래!"

"서초, 강남, 송파 이렇게 3구가 약 3조 4,831억 원이고요. 나머지 20개 구의 체납액은 4조 8,148억 원이에요."

"뭐어? 서울만 8조 2,979억 원이라고?"

2016년 울산시 국가 예산은 2조 3,103억 원이고, 군산시는 1조 39억 원, 전주시는 5,288억 원이다.

이걸 다 합치면 3조 8,430억 원이다. 서울시 강남 3구 체납액과 비슷한 규모이다.

"네! 강남구의 경우는 601명이 1조 760억 원 정도 체납했어요. 1인당 평균 18억 원 가량이에요."

강남 3구는 부자들이 사는 동네라고 소문 나 있다. 내야 할 세금을 안 내면서, 돈은 펑펑 써서 그러는 모양이다.

"대부분 돈이 있으면서 안 내는 거지?"

"일부는 아니지만 거의 대부분이 그래요. 한마디로 양심 불량인 거죠. 이는 국세 소멸시효 때문이기도 해요."

일정 기간이 지나면 체납된 세금을 내지 않아도 된다는 법령이다. 하여 현금으로 은닉하는 등의 수를 쓰고 있다.

"흐으음……!"

현수는 잠시 턱을 쓰다듬었다.

"모든 금융자산을 털어! 대출이 있으면 전부 회수하고 신용등급은 평생 최하급으로 유지시켜."

"알겠어요."

"아울러 최하급은 휴대폰과 신용카드 사용 불가야."

"넵!"

"본인만 그런 게 아니라 가족 전원을 그렇게 해."

"가족까지요?"

"마땅히 내야 할 세금은 안 내고 다 같이 호의호식했을 거 아냐. 안 그래?"

"가족이니까 그야 그렇겠죠."

"그러니 당연히 제재 대상이지. 참! 자동차도 사용 불가야."

"네? 그걸 제가 어떻게……?"

도로시는 디지털계의 신이지만 아날로그 쪽은 취약하다.

신일호 형제들을 동원하면 되지만 그들에겐 맡겨진 임무가 너무 많다. 1초도 쉬지 못하고 계속해서 움직이는 중이다.

대화를 하고 있는 현재에도 대한민국의 특정 종교 관련 건물들이 계속해서 붕괴되고 있으며, 관계자들이 뇌사상태로 발견되고 있는 것이 증거이다.

현수가 내린 명령이 바로 전달되었는지 전신을 바들바들 떨고 있는 것이 이전과 사뭇 다른 양상이다.

"요즘 나오는 차는 전부 컴퓨터로 제어되잖아."

시동이 걸리지 않게 하라는 뜻이다.

"아! 네에. 알겠어요."

"노트북이나 컴퓨터, TV 등 가전제품도 못 쓰게 해."

"지시대로 할게요."

체납자와 그 가족은 모든 지불을 현금으로 해야 한다. 금융거래 제한 대상자 명단에 등재되기 때문이다.

이에 이의를 제기하면 미국 재무부 산하 해외재산관리국인

OFAC에서 제재 대상으로 통보하였음을 알게 될 것이다.

대한민국은 현재 입출국이 불가능한 국가이다. 따라서 어떤 이유로 미국이 그랬는지 전혀 알 수 없을 것이다.

그 이전에 본인들의 금융자산이 사라진 것에 대한 항의를 할 것이다. 이에 거래 은행은 정당한 방법에 의한 출금이었음을 증명할 것이다. 이건 도로시의 전문 분야이다.

본인 및 가족이 소유한 자동차는 모두 운행불능 상태가 된다. ECU(Electronic Control Unit)가 그렇게 만든다.

참고로, ECU는 자동차의 메인 컴퓨터라 할 수 있다.

아무튼 시동이 걸리지 않거나 걸린다 하더라도 몇 미터 못 가서 멈추기를 반복하는데 어찌 운행하겠는가!

운 좋게 주행을 하더라도 꿀렁거리기를 반복하면 겁이 나서라도 운전대를 놓을 수밖에 없을 것이다.

차량 제조사 서비스 센터에 가도 ECU에 이상이 있다는 진단은 나오지 않는다.

거기에만 하면 언제 그랬느냐는 듯 멀쩡해지기 때문이다.

그런데 차를 몰고 서비스 센터 밖으로 나오기만 하면 또 꿀렁거리거나 RPM[12] 이 겁나게 올라가는 모습을 보게 된다.

그렇다 하여 엔진, 미션 및 모든 전장 부품들을 교체할 수는 없을 것이다.

---

12) RPM(revolution per minute) : 자동차의 엔진 회전수 또는 컴퓨터의 하드디스크 속도를 나타내는 단위로 많이 쓰지만 실제로는 모든 회전체의 분당 회전수를 나타낼 때 쓰는 단위

그러면 교체 비용이 찻값보다 더 많이 들어갈 수 있다. 그리고 그 비용을 지불할 만한 돈이 없기 때문이다.

노트북과 컴퓨터는 랜섬웨어[13]에 감염되어 모든 데이터를 잃고 깡통이 되어버린다. 냉장고와 TV 등 가전제품은 오작동을 하거나 아예 켜지지 않는다.

21세기를 살고 있지만 문명의 혜택 중 많은 부분이 사라지면 미치고 환장할 지경이 된다.

세금 체납자들 대부분은 뻔뻔스럽기 이를 데 없다. 따라서 이 정도 처벌은 감수해야 한다.

아울러 Y―그룹과의 인연은 영원히 없다. 훗날 사회빈민층이 되더라도 혜택을 받지 못하도록 조치를 취한다.

한국은 가장 발달된 전자 정부이다. 그리고 도로시는 디지털계의 신이다. 얼마든지 조작 가능하다.

체납한 돈으로 호의호식하다가 모든 것을 날리게 된 것들은 나머지 인생도 모조리 날리게 될 것이다.

이 조치는 대(代)가 완전히 끊어질 때까지 계속이다.

"한국의 다른 사항은?"

"대통령 탄핵을 요구하는 시위가 연일 이어지고 있어요."

"당연한 일이지. 그런데?"

---

13) 랜섬웨어 : '몸값'(Ransom)과 '소프트웨어'(Software)의 합성어. 시스템을 잠그거나 데이터를 암호화해 사용할 수 없도록 만든 뒤, 이를 인질로 금전을 요구하는 악성 프로그램

"탄핵을 결정할 국회의원 대부분이 죽어서 의회 의결이 불가능한 상황이에요."

"······!"

하도 나쁜 놈들이 많아서 서둘러 저승행 열차에 태워 드렸다. 그런데 예상치 못한 문제가 발생된 것이다.

"현재 국회의원 재보궐 선거가 진행되고 있어요."

"우후죽순(雨後竹筍)이지?"

안 봐도 뻔 하기에 한 말이다.

"네, 정말 어중이떠중이가 다 출마하겠다고 나왔네요."

"여당이 그래? 야당이 그래?"

"의원 대부분이 뒈져버린 여당이 당연히 많지요. 뭐 야당도 만만치 않아요. 워낙 의석수가 많이 비었으니까 이 기회에 금배지 한번 달아보려나 봐요."

"출마하겠다는 것까지는 그냥 놔둬."

"그럼요?"

"여당이든 야당이든 출마가 결정되면 옥석을 가려. 그다음엔 말 안 해도 알지?"

고양이는 호기심 때문에 죽으니, 분수에 맞지 않는 욕심을 부리는 자도 대가를 치르게 하라는 뜻이다.

"변형 캔서봇을 쓸까요? 아님 데스봇을 쓸까요?"

"통극 1단계를 매일 한 번씩 1년간 계속시켜."

하루에 한 번씩 끔찍한 고통을 겪게 되면 모든 욕심이 사라질지도 모르기에 하는 말이다.

"알겠어요. 근데 출마를 포기해도요?"

"나선 것만으로도 죄야."

"알겠어요. 지시대로 할게요."

"나중에 페인킬러 나와도 그놈들에겐 공급하지 마."

"네…? 왜요? 쪽발이들에겐 팔라면서요."

"그건 외화를 벌어야 하니까……. 깜냥도 안 되는 것들이 금배지를 달려고 되지도 않을 욕심을 부리면 얼마나 고생해야 하는지 톡톡히 느껴봐야 하지 않겠어?"

"그건 그래요."

"앞으로는 국회의원뿐만 아니라 초등학교 반장 뽑는 걸 뺀 모든 선거에 앞서 후보 검증을 해."

"그래서 자질 미달이거나 흠결이 발견되면 통극 1단계, 1년 지속이요?"

"그래! 앞으로 딱 100년만 그렇게 해. 그럼 저절로 알아서 하지 않겠어?"

"현대인들은 식욕, 색욕, 수면욕만큼 명예욕도 강해요."

"그런가? 그럼 500년!"

"알겠어요."

이번 결정으로 대한민국엔 에이프릴 증후군 환자가 급증하게 된다. 국회의원 한번 해보겠다고 나섰던 자들 중 태반이 비명을 지르며 발버둥 치게 되기 때문이다.

매 5년마다 치러지는 대선은 후보 수가 적지만 4년마다 치러지는 총선은 의석수가 300석이나 되기에 상당한 인원들이 에이프릴 증후군으로 고생한다.

  이런 일들이 반복되자 눈치 채게 된다.

  도덕적으로 흠이 없고, 민의를 대변할 자세가 된 인물은 멀쩡하고, 그렇지 않은 자들은 어김없이 고통을 겪는다는 것을!

  한번 뒈지게 아프고 나면 금배지고 뭐고 거저 줘도 싫다고 손사래를 친다. 지독한 고통을 다시 겪고 싶지 않은 것이다.

  훗날 대한민국엔 선거 관련 충고가 생긴다.

  정치를 하고 싶은가?

  그렇다면 본인의 뒤를 돌아보고, 주변을 살펴보라.

  삶에 흠결이 없고, 양심적이며, 불의를 행한 적 없고, 순수하게 봉사할 생각이라면 출마해도 된다.

  인성이 모나거나, 불법행위를 자행했거나, 부동산 투기 등 과한 욕심을 부리는 삶을 살았다면 일찌감치 포기하라.

  그렇지 않으면 정확히 1년간 지옥을 맛보리라!

  살아서 맛보는 지옥도 죽어서 가는 지옥보다 결코 못하지 아니함을 확실히 경험하게 될 것이다.

  나랏일을 하게 되었거든 늘 주변을 살펴보라.

  뇌물을 받는 등 사사로운 이익을 취하거나 공정치 못한 행위를 하면 지옥행 열차가 그대를 기다림을 알게 되리라.

긴 고통은 그대의 영혼까지 말살할 것이니 과한 욕심을 부리지 말 것을 정중히 충고하노라.

긴 내용이지만 예로부터 전하여 오는 쉽고 짧으면서도 소중한 교훈을 담고 있는 속담 같은 말이다.

일반적인 속담은 무시해도 신체적 고통이 없다.

하지만 정치인을 위한 이 충고를 어기면 마치 천벌처럼 에이프릴 증후군으로 1년간 개고생을 하게 된다.

속된 말로 1년 내내 피똥 싸며, 비명 지르고, 발버둥치는, 너무도 고통스러운 시간을 보내게 된다.

차라리 죽는 것이 낫다는 생각이 들 정도이니 다시는 출마하려는 욕심을 부리지 않게 된다.

덕분에 대한민국의 정계(政界)가 정화된다.

*　　　　　　*　　　　　　*

선배 기레기들이 무수히 뒈진 것을 알면서도 새롭게 기레기 짓을 하는 자는 뇌사 상태로 통극 10단계를 맛보게 된다.

이번엔 한 달이 아니다. 목숨이 다하는 순간까지 연장된다.

이건 판사와 검사, 그리고 변호사도 마찬가지이다.

정치적 중립과 보편적 정의를 무시하거나, 양심적이지 못하면 똑같이 통극 10단계를 경험하게 된다.

정치 지망생은 출마 단계에 처벌을 받는 것이므로 자연스레 낙선되어 한량[14] 신세가 된다.

그리고 다시는 정계를 기웃거리지 않는다.

반면 판사, 검사, 변호사, 기자는 시작부터 그 직(職)을 갖는다. 따라서 처벌 수위가 다른 것이다.

이밖에 소위 사회지도층이라 불리는 자들 중 비양심적이라 판단된 것들 또한 처벌받는다.

학창시절에 공부를 월등히 잘했다면 늘 우월감을 느끼게 마련이다. 이 우월감은 타인을 경시(輕視)할 확률을 높인다.

성적이 좋았다고 인간성까지 괜찮은 것은 아니라는 말이다.

졸업 후엔 평범했던 이들에 비해 비교적 높은 사회적 지위를 갖는다. 우월감이 한층 더 깊어지는 계기가 될 수 있다.

이를 증명하는 사건이 있었다.

지난 7월 7일 저녁, 교육부 정책기획관이 교육부 대변인, 그리고 기자들과 함께 저녁식사를 했다.

이때 누구도 예상치 못했던 발언을 했다.

민중(民衆)은 개돼지로 취급하면 된다.

신분제를 공고화(鞏固化)시켜야 한다.

---

14) 한량(閑良) : 관직(官職)이 없이 한가롭게 사는 사람

이 말을 한 자는 행정고시 출신이며, 교육부 장관 비서관, 청와대 행정관을 거쳤다.

이후 지방 교육자치과장으로 재직하다 올해 3월에 교육부 정책기획관으로 승진했다.

행정고시를 통하면 5급 공무원으로 공직생활을 시작한다.

하여 9급이나 7급 공무원을 뽑는 시험보다 난이도가 상당히 높은 문제를 풀어야 합격한다.

다시 말해 공부를 잘하지 못하면 행시를 패스할 수 없다.

그렇게 공부를 잘해서 행시를 통과한 자가 했던 말을 들여다보면 얼마나 타인들을 경시하는지 확실하게 드러난다.

공부 잘했다고 인성까지 갖춘 것은 절대 아니라는 확실한 증거이다. 오히려 인간으로서 갖춰야 할 품성에 문제가 있을 수 있음을 반증하는 중인이기도 하다.

어쨌거나 공부를 잘했다면 사회지도층이 될 확률이 높다. 그런데 성적과 인성은 결코 정비례하지 않는다.

품성이 별로인 것들이 사회지도층에 포진해 있으면 괴로운 사람들이 많게 된다.

하여 그런 게 있으면 새치 뽑듯 뽑아내야 한다.

인간이 개과천선하는 건 낙타가 바늘구멍을 뚫고 지나는 것보다 훨씬 확률이 낮은 때문이다.

그런 인간들이 떵떵거리면서 호의호식하고 거들먹거리는 것은 결코 바람직하지 않다. 제거가 정답인 것이다.

아무튼 대한민국에서 특정 종교가 완전히 사라지고, 양심적이고 올바른 사람들이 사회 지도층을 이루더라도 이실리프 제국으로의 편입은 쉽지 않다.

제국엔 세금, 징집, 마약, 흡연, 도박뿐만 아니라 종교도 엄격히 금지되는 때문이다.

현수가 처벌하라고 지시내린 특정 종교뿐 아니라 나머지까지 모두 사라지면 그때서야 검토하게 될 것이다.

세금을 걷지 않고, 징집 의무가 없는 것은 국민들이 국가에 뭔가를 요구할 빌미를 주지 않기 위해서다.

다시 말해 국가를 위해 아무것도 하는 것이 없으니 베푸는 것 이상을 요구하지 말라는 뜻이다.

이게 싫으면 제국이 아닌 다른 나라로 가면 된다.

마약, 흡연, 도박이 백해무익하다는 건 누구나 아는 사실이니 금지하는 것에 이의가 없을 것이다.

종교는 '인간이 온갖 추악한 짓을 벌이기 위한 핑계로 이용하는 것' 이상도 이하도 아니기에 허가되지 않는다.

지금까지의 역사를 보면 '종교는 세상의 모든 추악한 행동을 정당화하는 빌미'였다.

아주 잔인했던 중세의 마녀사냥이 그중 하나이다.

십자군이 벌인 학살, 약탈, 방화, 강간 등도 꼽을 수 있다.

얼마나 편협하고, 잔악했는지 같은 기독교권이었던 비잔티움 제국의 신민들마저 등을 돌릴 정도였다.

그렇기에 제국엔 그 어떠한 종교도 발붙이지 못한다.

이를 어기고 포교활동 등을 하거나 비밀결사를 하면 그 즉시 색출되고 영구히 추방된다.

몰래 숨어서 하면 될 것 같겠지만 위성과 도로시를 속일 수는 없다. 따라서 어떤 행위를 하든 금방 적발된다.

제국의 법에는 국외 추방에 관한 규정이 있다.

1. 제국령을 어겨 추방의 형이 확정되면 그 즉시 재산을 몰수하고 즉각 영토 밖으로 추방된다. (가족 면회 없음)

2. 허용되는 것은 면(綿)으로 제작한 사각 팬티와 반팔 티셔츠뿐이며, 죄질에 따라 추방되는 장소가 결정된다.

이 법률에 의해 추방당했던 자들이 간 곳은 남극, 북극, 태평양 한복판, 아프리카 정글의 악어 또는 사자 서식지, 아마존 밀림 피라냐 서식지, 가장 살인율이 높은 나라 등이다.

모두 생존 확률이 거의 없는 곳이다.

따라서 제국 내에서 종교로 뭘 어쩌려고 하면 100% 목숨을 잃게 된다.

그렇기에 대한민국에서 모든 종교가 사라지지 않는 한 이실리프 제국에 편입되는 일은 없을 것이다.

*   *   *

"Y—시티랑 구수동 Y—단지 진척 상황은 어때?"

"군산 Y—시티는 착공했어요. 구수동은 터파기가 시작되었고요. 국방대학원 인근 고양덕은 지구도 허가 났구요."

"우리 계획대로 하고 있는 거지?"

"물론이에요. 건폐율, 용적률, 고도제한, 사선제한에 관계없이 우리가 원하는 디자인대로 건축할 수 있게 되었어요."

"그래? 그거 괜찮은 소식이네. 웬일이래?"

"한국 사정이 워낙 안 좋으니까요."

"공사는 전부 천지건설에 줬어?"

"네! 적정한 가격으로 계약해줬어요."

"회장님이랑 사장님이 좋아하시겠군."

"그럼요. 천지건설은 잔치 분위기예요. 인원 충원도 엄청나게 해서 실업률 수치가 낮아질 정도예요."

천지건설은 총면적 103만 3514㎢에 이르는 콩고민주공화국 자치령 개발공사를 수주했다.

마스터플랜은 물론이고 세부 설계도면까지 넘어갔는데 그걸 적재함에 실으면 5톤 트럭의 바퀴가 찌그러질 정도이다.

하긴 지어야 할 건축물도 어마어마하게 많을 뿐만 아니라 도로, 전기, 수도 같은 인프라까지 동시에 진행하니 도면이 많을 수밖에 없다.

자치령은 모든 걸 자급자족하도록 개발된다.

그래서 광산부터 시작하여 채굴, 선광, 제련이 하나의 프로세스로 진행되도록 설계되어 있다.

철광석을 캐는 광산 인근엔 제철소가 자리 잡고, 그 인근에는 철을 재료로 하는 공장들이 들어선다.

제철소와 공장에서 근무하는 이들을 위한 주거단지에는 생활에 편리함을 더해줄 각종시설들이 조성된다.

각각의 공장과 주거시설에서 사용하는 에너지는 핵융합발전소에서 공급된다.

이런 곳이 한두 개가 아니다. 하긴 대한민국보다 10배나 넓은 곳을 동시다발적으로 개발하는 일이다.

따라서 너무 양이 많은지라 무엇부터 손을 대야 할지 난감할 것을 대비하여 번호까지 매겨서 보냈다. 가장 효율적으로 건설될 수 있도록 우선순위까지 정해준 것이다.

그중엔 천지건설의 능력으로 어쩔 수 없는 것들이 쉬어 있다. 예를 들면 핵융합발전소이다.

이런 부분은 일꾼 로봇들이 달려들어 완공시키게 된다.

어쨌거나 천지건설은 콩고민주공화국 정부가 발주한 잉가댐 및 수력발전소 공사를 수주한 바 있고, 6,785㎞에 이르는 동서철도와 남북철도 공사까지 맡게 된다.

아제르바이잔 유화단지 공사와 신행정도시 건설공사로 대박을 쳤는데 이게 푼돈처럼 느껴질 정도로 엄청난 공사이다.

국내에선 Y—그룹이 발주하는 모든 공사를 수주했다.

구수동 Y—빌딩 신축, Y—파이낸스 빌딩 100동 신축, Y—파이낸스 기숙사 100동 신축, Y—엔터 단지 신축, 고양덕은지구 Y—빌리지 조성, 군산 Y—시티 조성공사 등이다.

공사비 총액으로 따지면 200조 원에 가깝다.

선급금으로 공사비 총약의 30%에 해당되는 60조 원이 달러화로 지불되었다. 축제 분위기가 아니면 이상한 일이다.

"하~아! 왜 안 오시지?"

천지건설 본사 34층 전무이사 비서실에선 나지막한 한숨 소리가 나온다. 조인경 부장이 내는 소리이다.

김지윤과 동반 출장을 간 하인스 킴 전무이사의 귀국이 너무 늦어지기 때문이다.

"하아! 나도 따라가겠다고 했어야 했어."

그들 둘을 생각하면 좌불안석이 된다. 혹시라도 쌀이 익어 이미 밥이 되어버렸으면 어쩌나 하는 생각이다.

"아아! 언제 오실까?"

한숨 쉬는 조 부장을 바라보는 두 여인이 있다.

이수린 대리와 이은정 사원이다. 둘은 조인경 부장이 하인스 킴 전무이사를 연모하고 있음을 알고 있다.

하인스 킴이라는 이름이 언급될 때마다 땅이 꺼질 것 같은 한숨을 쉬니 어찌 모르겠는가!

이때 비서실 구석에 놓인 팩시밀리가 작은 소음과 함께 종이를 토해놓는다.

찌이이이잉—!

비서실 막내인 이은정이 자리에서 일어나 전송된 문서를 들춰본다.

"어라? 부장님! 전무님으로부터 팩스가 왔어요, 팩스!"

"뭐? 팩스? 어, 어디……?"

벌떡 일어선 조인경이 얼른 팩스 용지를 받아 펼친다.

조인경 부장에게.

잘 지내고 있지?

잠시 다녀오려던 출장이 생각보다 길어졌네.

나는 현재 바이칼호에 있는 알혼섬이란 곳에 있어.

여기 일정을 마치면 모스크바로 갔다가 블라디보스토크로 갈 것 같아. 아니면 북한으로 곧장 들어갈 수도 있어.

그러니 통일부에 가서 김지윤 부장을 비롯한 승무원들의 방북 허가를 받아줬으면 해.

나의 방북 목적은 푸틴 러시아 대통령의 특사 자격이고, 김지윤 부장은 알다시피 수행비서야.

승무원들은 이번에도 에이프릴 증후군 때문에 착륙하자마자 평양 순안공항 인근에 격리될 것 같아.

북한에서의 일이 끝나면 콩고민주공화국으로 갔다가 귀국할 생각이야.

그때까지 걱정하지 말고 잘 지내.

선물 많이 사갈게.^^

참! 총괄회장님이랑 사장님께 안부 전해드려. 연락을 드렸는데 전화를 안 받으시네.

그리고 깜박 잊었는데 이수린 대리와 이은정 사원이 고생 많았다며?

각각 과장과 대리로 승진시키라고 인사부에 연락해 줘.

그럼 이만!

Sincerely yours Heins Kim

멋진 캘리그래피였고, 눈에 익숙한 서명이 있다. 그런데 문득 야속함과 더불어 불안함이 느껴진다.

"아아……!"

조인경 부장은 마냥 늦춰지는 귀국이 걱정되었다. 김지윤이 동반해 있는 때문이다.

지윤은 너무나 예쁘고, 전무는 피 끓는 청년이다.

지난 9월 5일에 출국했으니 두 달 넘게 붙어 다니고 있다.

승무원들이 동행하였지만 전언문의 내용으로 미루어 짐작하면 어디든 도착과 동시에 격리되었던 모양이다.

그렇다면 단둘이 함께 다녔다는 뜻이니 뭔 사달이 나도 벌써 났을 것 같다.

"히잉……!"

조인경은 금방이라도 눈물을 흘릴 듯한 표정이다. 생각만으로도 섭섭했기 때문이다.

지이이잉—!

"어라? 팩스 또 왔어요. 잠깐만요."

조인경은 이은정이 건네는 용지를 펼쳤다.

김지윤 부장이 안부 전해달라고 하네.

본사에 선배 겸 언니가 있어서 든든하대.

다음엔 조 부장과 함께 출장을 가라고 하네. 이번 출장이 너무 길어서 그런가 봐.

잘 지내고 있어.^^♡

"치이……!"

엄장 지르는 소리 같지만 뭐라 할 수가 없다. 이수린과 이은정이 있는 때문이다. 그런데 마지막의 하트가 눈에 들어온다. 뭔가 마음이 전해지는 느낌이다.

Chapter 12
—
어라! 진화했어?

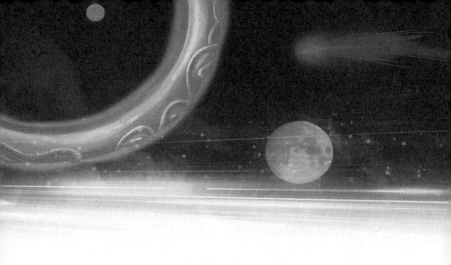

　조인경은 조용히 자리에 앉아 두 장의 팩시밀리를 읽고 또
읽었다. 그렇게 대여섯 번을 정독한 수화기를 집어 들곤 번호
를 꾹꾹 누른다.

　"여보세요? …… 여긴 건설의 하인스 킴 전무이사 비서
실인데요. 총괄회장님 계신지요? …… 아! 그래요? 그럼 말
씀 좀 전해주시겠습니까? …… 네, 네! …… 전무님으로부
터……."

　잠시 후 같은 내용의 말을 신형섭 사장 비서실장에게 전했
다.

　총괄회장과 사장은 모처에서 땀을 뻘뻘 흘리며 점심식사

중이라 통화할 수 없는 상태였던 것이다.

안건은 부족한 기술자들을 어떻게 충원할지에 관한 것이다.

대대적인 사원 모집으로 인원을 충원시켰지만 마치 밑 빠진 독에 물을 붓는 것처럼 인력난이 계속되고 있다.

지난 3월의 천지건설 임직원 수는 5,864명이었다. 정규직과 기간제 근로자를 모두 포함한 숫자이다.

11월인 현재 임직원 수는 1만 7,441명으로 늘어났다.

무려 1만 1,577명이 늘어났으니 조직이 이전의 3배로 뻥튀기된 셈이다.

특징은 전원이 정규직이라는 것이다. 쓰다가 언제든 잘라버릴 수 있는 비정규직은 이제 뽑지 않는다.

대신 채용과정이 깐깐해졌다.

덕분에 건축, 토목, 전기 관련 학과를 졸업하고도 취업하지 못해 PC방이나 편의점에서 알바 하던 인원이 대폭 줄었다.

웬만하면 합격시켰음에도 인력난은 여전하다.

"카~아! 배부르다."

"네, 속이 아주 든든하네요."

"신 사장, 어때? 이집 꼬리곰탕 맛 괜찮지? 근데 다진 양념을 너무 많이 넣었는지 조금 매웠네."

"네, 조금 많이 넣으셨던 것 같습니다."

신형섭이 고개를 끄덕인다.

"욕심을 냈나 봐. 근데 난 매운 것만 먹으면 땀이 나."

한꺼번에 냅킨 대여섯 장을 뽑아 이마와 뒷덜미의 땀을 닦
으며 이연서 총괄회장이 한 말이다.

"매운 걸 먹으면 그게 우리 몸의 세포를 손상시켜 통증을
유발한 것이라고 판단하여 혈액순환이 빨라진다고 합니다. 그
래서 피부 온도가 올라가고 땀이 나는 것이라네요."

"항상 느끼는 거지만 자넨 아는 게 많아."

"아, 아닙니다."

"아냐! 맞아, 그래서 내가 늘 감탄해. 아무튼 맛이 있었네.
이 집은 늘 여전해서 좋아."

"회장님 50년 단골집인데 그 맛이 어디 가겠습니까? 이 집
꼬리곰탕은 정말 최곱니다."

괜히 하는 말이 아니다.

둘이 앉아 있는 이 가게는 한자리에서 70년 동안이나 꼬리
곰탕집을 했다. 그래서 조금 허름해 보인다.

웬만한 맛이거나, 늘 일정한 맛이 아니었다면 벌써 문을 닫
아도 닫았을 것이다.

"잘들 드셨나?"

"아이고, 할머니! 맛 최곱니다, 하하하!"

곰탕집 할머니의 말에 신 사장이 너스레를 떤다.

"이 회장은 요즘 어때?"

이연서 회장이 20대 때부터 드나들었기에 할머니는 자연스레 반말로 이야기한다.

한때 욕쟁이 할머니라는 타이틀을 가지고 계셨던 분이다.

지금은 연세가 드셔서 일선에서 물러났고, 이연서 회장도 사회적 지위와 나이가 있기에 마구 대하지 않는 것이다.

"요즘 재미있는 녀석 하나가 입사해서 아주 좋습니다."

"그래? 그거 다행이구먼. 어디 보자…. 밥은 다 먹은 거 같고…. 커피나 한 잔씩 뽑아다 줄까?"

"아, 아이고, 아닙니다. 제가 가져오면 됩니다."

신 사장이 얼른 일어나 자판기로 간다.

지팡이 짚고 있는 노인네를 어찌 부려먹으랴! 그리고 이중 가장 막내이니 당연한 일이다.

신 사장이 자판기 앞으로 가자 할머니가 그 자리에 앉는다.

"우리 증손녀랑 자네 손자가 사귀는 거 알지?"

"네에…? 정말요?"

이연서 회장은 깜짝 놀란 표정이다.

큰 아들의 장남인 이현우가 누군가와 연애하고 있다는 이야기를 들은 바 없기 때문이다.

"노래 부르는 아인데 내 증손녀라서 하는 말이 아니라 애가 정말 참해. 그니까 웬만하믄 반대하지 말고 ……."

할머니는 뒷말을 잇지 못하셨다.

신 사장이 커피를 들고 돌아왔고, 둘의 사이를 갈라놓지 말라는 말이 왠지 저어된 때문이다.

"잘하면 사돈이 되는 거네요, 하하! 하하하!"

"에? 사돈요? 누구랑요?"

신 사장이 어리둥절한 표정을 짓는다.

"그런 게 있네, 있어! 하하하! 하하하! 잘하면 증손주도 보고 가게 생겼어, 하하! 하하하!"

신 사장은 이건 대체 뭔 소린가 하는 표정이고, 할머니는 대충 이해했는지 슬쩍 물러난다.

이때 사내들 셋이 들어온다.

"할머니! 여기 곰탕 셋요."

"어? 어! 그래. 조금만 기다려."

할머니가 주방으로 들어가자 신 사장이 입을 연다.

"회장님! 대체 무슨 말씀이신지요?"

"여기 욕쟁이 할머니 증손녀와 우리 현우가 사귄다고 하네. 그 녀석 연애에는 관심이 없다더니……. 하하! 하하하!"

이전의 삶에선 군대 후임이었던 이현우 덕분에 현수가 천지건설에 입사할 수 있었다.

그 덕에 강연희를 만났고, 늦은 휴가를 떠났다가 덕항산에서 전능의 팔찌를 발견했다.

하여 평생토록 형제처럼 지냈다. 재벌집 아들임에도 인성이 괜찮고, 털털한 성격이었다.

그 이현우가 가수 이수연과 연애를 한다.

이전의 삶에선 태백그룹의 손자 조경빈과 잠시 만나다가 독신으로 지냈던 아가씨이다.

나중에야 그녀가 자신을 연모하여 홀로 지냈음을 알게 되었지만 그때는 이미 권지현 등과 결혼한 후였다.

이수연은 환갑이 지나서도 마이크를 놓지 않았다.

'국민 디바'라 불렸으며 불우한 이웃을 위한 기부와 봉사활동을 하여 여러 사람으로부터 존경받기도 했다.

마지막엔 현수가 운영하던 양평 천사의 집에 전 재산을 기탁하고 세상을 떠났다.

참고로, 디바(Diva)란 이태리어로 '여신'이란 뜻이다.

오페라에서는 보통 최고 인기를 누리는 소프라노 가수, 특히 천부적 자질을 가진 여자 가수를 가리킨다.

남성의 경우는 디보(Divo)라 칭하는데 로마어로 '신과 같은 사람'이라는 뜻이다.

그녀의 언니인 이수정은 현재 항공사 승무원으로 근무하고 있을 것이다.

이들 자매의 부친인 이재혁은 5성급 호텔 총지배인으로 근무하다 퇴직 후 인테리어가 멋진 카페를 운영했다.

점점 더 성업(盛業)하다가 프랜차이즈(franchise)가 되었고, 그러고도 번창하여 상당히 큰 부자가 되었다.

그 이재혁이 이 집 할머니의 두 손자 중 하나라는 이야기이다. 그가 근무했던 5성급호텔은 큰 손자 소유이다.

젊어서 과부가 된 할머니는 이 가게를 운영하면서 돈이 벌리는 대로 강남의 땅을 사들였다.

부동산 투기가 목적이 아니라 맺힌 한이 있어서이다.

현재의 말죽거리가 고향인 이 할머니의 부친은 아주 못된 지주의 등살에 고생만 하다 사망했다.

그 지주에겐 도박판을 전전하는 아들이 있었다.

노름 솜씨가 시원치 않았는지 대대로 물려받은 땅을 내놓았다. 할머니는 그걸 사들이면서 주변의 것들도 매입했다.

결국 지주의 아들은 땅 한 평 없는 거렁뱅이가 되어 유랑걸식(流浪乞食)하는 신세가 되었다.

그러는 동안 물려받은 땅 전부 할머니의 소유가 되었다. 그때는 땅값이 아주 쌀 때이다.

1960년대 초반엔 압구정동 현대 아파트가 들어선 곳과 양재동이 있는 말죽거리 인근이 평당 200~300원쯤이었다.

그러다 강남이 개발되기 시작했다.

졸지에 어마어마한 떼돈이 된 것이다. 하여 큰 손자에게 5성급 호텔을 지어줄 수 있었던 것이다.

1평당 250원쯤 하던 강남역 뉴욕제과 땅은 2014년에 평당 5억 1,700만 원에 팔렸다.

투자 대비 206만 8,000배나 오른 것이다.

강남엔 이런 곳이 상당히 많다.

어쨌거나 할머니는 부동산 부자였다.

하여 한때 강남구 전체에서 재산세를 가장 많이 냈다. 개인과 법인을 망라했으니 얼마나 큰 부자였겠는가!

그럼에도 꼬리곰탕집 주방을 지켰다.

인테리어를 멋지게 바꾸거나 가게를 확장하지도 않았다. 그게 분수에 맞는 영업이라 생각한 것이다.

할머니의 둘째 손자인 이재혁은 큰 욕심 부리지 않고 총지배인에 만족하면서 지냈다.

그런데 형의 아들인 조카가 성장하면서 알력이 생겼다. 작은아버지가 호텔을 노리고 있다는 의심을 했던 것이다.

하여 정년이 되자 미련 없이 털고 나왔다.

그 후로도 할머니의 돈을 탐내지 않고 제 돈으로 제법 큰 카페를 냈다.

몇십 년 동안이나 바쁘게 지냈으니 유유자적한 삶을 살아보자는 꿈을 꾸었던 것이다.

할머니는 세상을 뜨면서 본인 재산을 정확히 반으로 나눠서 상속했다.

당연히 형이 더 부자여야 하지만 이때는 이재혁이 형보다 더 많은 자산을 가진 부자이다.

현수가 만들어준 로스팅 기계 덕분이다.

마나집적진이 있어 로스팅 하는 과정에서 마나가 스며들도록 만들었다. 그 결과 맛은 부드러워지고, 향은 더욱 고급스럽게 되었다.

게다가 이걸 마시면 심신이 편해지고 진통 효과까지 있었다.

아울러 면역력이 향상되고, 신체 부조화를 바로잡는 기능이 있다. 하여 다른 커피와 확실히 다르다는 느낌을 준다.

덕분에 스타벅스를 누르고 세계 최고의 커피 체인점 회장님으로 불리게 된다.

유유자적을 꿈꿨는데 엄청 바쁘게 움직여야 하고 많은 것을 생각해야 하는 삶으로 바뀌는 것이다.

이것은 큰 딸인 이수정에게 모두 상속된다.

둘째 딸 이수연은 가수 활동으로 이미 많은 돈을 벌어놓은 상태이고, 독신인지라 사양했던 것이다.

지난 생(生)엔 이현우와 이수정이 결혼했는데 이번엔 동생인 이수연과 인연이 될 모양이다.

어쨌거나 이언서 회장은 곰당집 힐머니가 얼마나 부자인지 너무도 잘 알고 있다.

천지건설에서 청담동, 압구정동, 신사동, 논현동, 대치동, 삼성동, 역삼동, 서초동, 방배동, 반포 등지에서 사업을 벌이려 할 때마다 이 할머니의 이름이 튀어나오는 까닭이다.

이언서 천지그룹 총괄회장은 돈 때문에 자식과 손주들로 하여금 정략혼을 하게 하지 않는다.

서로 사랑하는 사이로 맺어져도 백년해로 하는 것이 지난(至難)함을 알기 때문이다.

하물며 고작 돈으로 맺어진 결혼생활이 행복할 것이라곤 전혀 기대치 않는다. 그러니 웬만하면 반대하지 않는다.

다만 상대에게 큰 흠결이 있는 경우는 예외이다. 예를 들어, 살인 전과가 있다거나 유부녀인 것을 속이는 등이다.

아울러 너무도 탐나는 인재가 있을 때도 예외이다.

능력도 출중해야 하며, 웬만한 소양도 갖춰야 하며, 예의범절도 가릴 줄 알아야 한다.

아울러 성품이 모나지 않아야 한다는 다소 엄격한 전제 조건이 붙어 있다.

아주 오래 전에 손녀인 이수린을 현수와 맺어지게 하려 했던 것이 바로 이런 케이스이다.

아무튼 만인의 사랑을 받는 가수 이수연이 유부녀일리가 없으며 살인 전과가 있지는 않을 것이다.

따라서 반대는 생각지도 않는다.

할머니의 가족이니 품행은 분명히 단정할 것이다.

게다가 연예인이라 기꺼운 마음이 든다. 얼마나 예쁠지 기대되는 것이다.

'마음이 흔쾌하니 기분이 좋네. 가급적 빨리 혼사를 진행해야겠군, 후후후!'

이 회장은 가정이 안정되어야 사회생활도 잘한다고 생각한다. 하여 벌써부터 꼬물거리는 증손주가 상상되는 모양이다.

　　　　*　　　　　*　　　　　*

"뭘 그리 생각하십니까?"

"응? 아, 아무것도 아닐세. 그냥 옛날 일을 좀 생각했네."

"그나저나 정말 정년퇴직한 임직원들 다시 부르라는 말씀이신 거죠?"

"그래! 기술자가 없는데 어쩌겠나. 김 전무가 절대로 외국인은 고용하지 말라고 했으니 말이네."

Y-그룹이 발주한 국내 공사현장에는 단 한 명의 외국인 노동자도 투입하지 말라고 했다.

내국인을 고용함으로서 인건비 지출이 늘어나면 100% 보전해준다고 하니 회사 입장에선 반대할 하등의 이유가 없다.

손 기술 좋고, 의사소통도 잘 되는 내국인을 쓰는 것이 공기(工期)를 앞당기는 데 확실히 유리하기도 하다.

아제르바이잔이나 콩고민주공화국 등 외국에서 하는 공사는 반드시 그 나라 인부만 쓰라고 하였다.

이는 기술진도 마찬가지이다. 하여 인력난을 겪는 중이다.

"알겠습니다. 그렇게 하죠."

이연서 회장은 흐뭇한 얼굴이고, 신형섭 사장은 다소 긴장된 표정이다.

퇴직자 전부가 기분 좋게 회사를 떠난 것은 아니다.

그러니 다시 와달라는 요청을 흔쾌히 받아들이지 않을 수도 있는 때문이다. 하지만 이는 괜한 걱정이다.

정년퇴직하여 천지건설을 떠난 임직원 중 상당수는 재취업의 기회를 얻지 못해 백수로 지내거나 아파트 경비가 되어 입주자들의 갑질을 당하고 있다.

또 다른 일부는 분식집이나 편의점 등 영세 상점을 차렸다가 고전을 면치 못하고 있다. 이러니 회사가 다시 부르면 쌍수를 들고 환영할 상황이다.

그런데 모두가 부름을 받는 것은 아니다.

인성이 나쁘거나, 특정 종교 신자, 친일파의 직계 또는 방계이면 명단에서 제외된다. 아무리 급해도 실을 바늘허리에 묶어서 쓸 수는 없기 때문이다.

이들을 일일이 구분하는 게 어려울 듯하여 명단을 제공해 주었다. 입사 부적격 블랙리스트를 준 것이다.

도로시가 작성한 것이지만 이런 일을 대비하여 외부에 의뢰에서 만든 것이라 둘러대었다.

*   *   *

"왕이시여! 제가 왔나이다."

고개를 돌려보니 청금발이 찰랑이는 엔다이론이 고개 숙이고 있다. 신장은 170㎝, 체중은 52㎏ 정도로 보이는 절세미녀의 가슴이 그대로 보인다.

의복이랄 것이 없는 때문이다.

웬만하면 남사스러워 시선을 돌리겠지만 현수는 웬만하지 않다.

수십 명의 절세미녀를 아내로 데리고 있었고, 지금처럼 홀딱 벗은 정령들이 늘 곁에 머물렀던 때문이다.

"어! 다 끝났어?"

"네! 왕의 은총을 입었나이다."

아주 오래전의 엔다이론도 사극 어투로 말을 했었다. 이걸 보고 땅의 정령도 흉내를 냈던 기억이 떠오른다.

"그래! 컨디션은 괜찮지?"

"물론이에요."

딱 보니 최상급이 되기 직전이다. 현수가 준 마나석에 담겼던 순수 마나의 양이 상당히 많았던 결과일 것이다.

"저도 감사드려요."

"어? 진화했어?"

엔다이론의 곁에 똑같이 엎드려 있는 건 바람의 상급 정령 실라디온이다.

황금빛 금발이며 꽃처럼, 아니, 여신처럼 아름답다.

"모두 왕의 은총 덕분이에요."

"그래, 그래! 컨디션은 어때?"

"저도 아주 좋아요, 호호호!"

셋의 대화는 정령어로 진행되었으며 오로지 현수의 눈에만 보이고, 현수의 귀에만 들리는 소리인지라 코를 골고 자고 있는 지윤은 아무런 기척도 느끼지 못한다.

"당분간은 내 곁에 머물면서 세상이 어찌 바뀌었는지 파악하는 시간을 가져."

"알겠나이다, 왕이시여!"

"저도요."

"엔다이론은 말투를 조금 바꾸면 안 될까?"

"소녀의 말이 이상하옵니까?"

"그래! 조금 올드해. 그러니까 조금 바꿔줬으면 좋겠어."

"네? 그럼 소녀가 어떻게 하오면……."

"그건 실라디온이 가르쳐 줘."

"네! 알겠어요. 이봐요 엔다이론! 왕께서 하신 말씀은 ……."

잠시 정령어 대화 시간이 있었다. 엔다이론은 연신 고개를 끄덕이며 알았다고 대꾸했다.

"말투 바꾸는 거 어렵지 않지?"

"네! 왕의 명령을 받자옵니, 아니, 받습니다."

"그래. 앞으론 그런 말투로 말해줘. 알았지?"

"네, 알겠사옵니, 아니, 알겠어요."

엔다이론은 바이칼호 물속으로 들어가기 직전까지 삼지연에 머물렀다.

임진왜란이 한창이던 그때 왜놈들의 몸에서 풍기는 살기와 조총에서 뿜어지는 매캐한 냄새가 싫어서 바이칼호로 자리를 옮긴 것이다.

이후론 인간 세상과 연관이 없었기에 사극에서나 쓰는 어투로 말을 했던 것이다.

"그래! 그럼 이 근처에 머물다가 뭔 일 있으면 알려줘."

"네? 뭔 일이라 하심은……?"

"아! 이건 도로시가 대신 말해줘. 할 수 있지?"

"네! 폐하!"

엔다이론은 아무런 기척 없이 스르르 나타난 도로시를 보고 화들짝 놀란다.

두 번째 경험이지만 아직 적응이 안 된 것이다. 이보다는 도로시의 모습 때문이다.

아름다움을 추구하는 상급 정령과 다를 바 없이 너무도 아름답다. 벌거벗은 자신과 달리 하늘하늘한 의복을 걸치고 있는데 살짝 속이 비친다.

속에 아무것도 안 입어 너무도 뇌쇄적이다.

풍요를 상징하기도 하는 그리스의 성애(性愛)와 미(美)의 여신 아프로디테(Aphrodite)가 현신한 듯하다.

그런데 뭔가 이상하다.

"어라? 누, 누구죠? 생명의 기운이 느껴지지 않는데……."

"아! 엔다이론! 이분으로 말씀드릴 거 같으면……."

조금이라도 먼저 만났던 실라디온의 설명에 엔다이론은 또 고개를 끄덕인다.

홀로그램으로 현신한 도로시는 엔다이론과 실라디온에게 많은 설명을 했다. 둘은 고개를 끄덕이며 미심쩍은 것들을 확인하는 시간을 가졌다.

일반적인 사항을 모두 납득한 엔다이론과 실라디온에게 두 가지 임무를 부여했다. 새로 얻은 능력을 자유자재로 발휘할 수 있도록 연습하라는 의도이다.

먼저 미국 캘리포니아에서 발생된 산불 진압을 지시했다. 이곳은 상습 화재발생 지역인데 웬만해선 꺼지지 않는다.

두 정령은 어떻게 해야 할지 몰라 우물쭈물했다. 하여 그 방법까지 알려주었다.

엔다이론이 바다에서 다량의 수증기를 발생시키면 실라디온은 이걸 품은 따뜻한 바람과 찬바람이 마주치도록 방향을 조절한다.

두 공기의 출동은 산불 발생지역 상공이다. 이렇게 되면 구름이 품고 있던 수증기가 빗물이 되어 쏟아지게 마련이다.

캘리포니아에서의 일이 끝나면 곧장 남미의 아마존으로 가라고 하였다.

아마존의 울창한 삼림은 지구의 산소 중 20%를 만들어내고 있는 허파 역할을 한다.

그런데 가뭄과 벌채로 인한 화재가 잦아서 그 면적이 점점 줄어들고 있다.

브라질 국립우주연구소(INPE)에 따르면 하루에 약 1,000건의 화재가 발생되고 있다.

특히 건기(乾期)인 7월과 10월에 집중되어 있다.

목축을 위해 의도적으로 질렀거나 개간, 채굴, 굴착 등 인간의 필요에 의한 작업으로 인한 산불이다.

"아마존에서 다시는 화재가 발생하지 않도록 당분간은 상주하고 있어. 내가 오라고 지시하면 그때 와."

"네?"

"밖에 인간은 아닌데 움직이는 존재가 있지?"

신일호를 뜻하는 말이다.

"네! 저것도 조금 이상해요. 생기가 전혀 없는데 어떻게 말도 하고, 움직이기까지 하는 거죠?"

"도로시! 설명 시작~!"

"네! 폐하."

도로시는 홀로그램으로 지구본을 띄워놓고 캘리포니아와 아마존에 관한 설명부터 시작했다.

다음은 휴머노이드에 대한 설명이다. 어떤 목적으로 만들어졌고, 어떻게 작동하는지에 관한 개론이 잠시 이어졌다.

궁금한 것이 많은지 질문이 많아지면서 설명은 점점 더 길어졌다.

"하암! 나도 한숨 자야겠다."

곁에서 지켜보던 현수가 이불을 들추고 안으로 들어갔다.

물컹—!

아무것도 걸치지 않은 지윤이 완전 무방비 상태로 있다. 뭐든 맘대로 하라는 뜻이다.

"끄응……!"

자리에서 일어나 다른 침대로 갔다.

딸깍—!

조명이 꺼졌음에도 엔다이론과 실라디온, 그리고 도로시의 형상이 보인다. 한창 대화 중이다.

도로시는 이곳으로 오기 전에 현수가 바람, 물, 불, 땅의 정령왕들과 어떻게 소통하는지를 보았다.

하여 정령들의 습성 등을 확실하게 파악하고 있다.

무엇을 어떻게 말을 하면 그걸 어찌 받아들이는지 알고 있으니 엔다이론과 실라디온에게 확실한 정보를 제공하고 있다.

알혼섬의 밤은 점점 깊어갔고, 하늘의 별들은 총총히 빛나고 있었다.

종알거리는 도로시와 정령들의 대화를 듣다가 깜박 잠이 들었는지 현수의 숨소리도 고르게 변했다.

"하아~암!"

"잘 잤어?"

자리에서 일어나 기지개를 켜며 하품을 하던 지윤이 화들
짝 놀라며 돌아본다.

"어머!"

그런 그녀의 시선에 벽시계가 보인다. 12시간 이상 늘어지
게 잔 것이 아니라면 지금은 오전 5시 15분이다.

"어, 언제 일어나셨어요?"

"나? 나는 방금 전에……."

말은 이렇게 했지만 현수가 일어난 시각은 4시쯤이다. 요즘
들어 점점 일찍 일어나게 된다.

몸의 피로함이 전보다 빨리 회복되는 때문이다. 마나를 쓸
수 있는 시간이 다가오는 모양이다.

하여 기분 좋게 일어나 샤워를 했다.

보일러 혹은 순간온수기가 고장 났는지 얼음장 같은 물만
나왔지만 전혀 상관없다.

한서불침(寒暑不侵)을 이룬지 이미 오래되었기 때문이다.

구석구석 깨끗이 닦고, 마른 수건으로 물기를 제거하면서
본인의 몸을 거울에 비춰보았다.

떡 벌어진 어깨 아래 적당히 발달되어 보이는 대흉근이 있
고, 그 아래엔 에잇팩이 선명하다.

활배근도 적당하고, 승모근 또한 그러하다.

구릿빛은 아니고, 오일을 바르지도 않았지만 보기에 너무나
좋은 몸이다. 어찌 보면 뼈 위에 근육만 있는 것 같지만 체지

방률을 측정해 보면 7.5% 정도는 나올 것이다.

"흐음! 이발을 해야겠군."

머리카락을 이리저리 만져보던 현수는 욕실 밖으로 나와 잠든 지윤의 모습을 지켜보았다.

'E-GR을 복용했으니 슈퍼포션은 필요 없겠지?'

슈퍼포션은 체내외의 모든 불균형을 바로잡고, 장차 유전적 문제를 일으킬 형질이 있다면 이를 교정하는 것이다.

여성이 이를 복용하여 체질이 개선된 후에 임신하면 건강하고, 영특한 2세를 출산하게 된다.

'아이고 그럼요! E-GR은 슈퍼포션의 업그레이드 버전이잖아요. 설마 잊으신 건 아니시죠?'

'그럴 리가! 그러니까 필요 없을 거라고 하잖아.'

'제1 황후님은 현재 임신 확률이 높은 가임기예요.'

'그래? 그건 왜?'

'네! 지금이라도 거사를 치르시면 가장 이상적인 신체를 가진 황자 혹은 황녀께서 탄생하실 거예요.'

'말도 안 되는 소리!'

'왜요? 맞는 말인데……'

'우선 지윤의 부모에게 허락받지도 못했고, 결혼식도 아직 안 치렀잖아. 안 그래?'

'치이! 폐하는 가끔 너무 고루하세요.'

'고루? 고루가 뭔 뜻인지는 알고 하는 말이야?'

'알죠. 고루(固陋)는 낡은 관념이나 습관에 젖어 고집이 세고 새로운 것을 잘 받아들이지 않는다는 뜻이죠. 다른 말로는 완고(頑固)하다고요. 맞죠?'

'그래, 알기는 하네.'

'치이! 제가 누군지 잊으셨어요? 저 도로시예요. 도로시 게일요. 아무튼 결혼식 그깟 게 다 무슨 소용 있어요? 폐하께서 결혼 및 장례 간소화를 지시하셨던 걸 잊으셨어요?'

Chapter 13
—
이상적 관혼상제

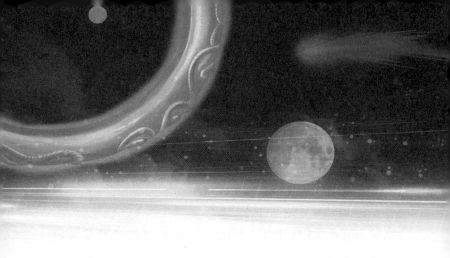

　현수는 한국에서 태이나 초·중·고를 다녔고, 성인이 되었다. 그러는 동안 한국의 풍습을 자연스레 경험했다.

　그중엔 지향할 만큼 괜찮은 것도 있지만 반드시 지양해야할 것도 많았다.

　우선, 설날과 추석에 고향을 향해 일제히 이동하는 건 일종의 낭비이다.

　부모와 형제를 만나는 것까지는 좋은데 왜 하필 그때 다 모여야 하는가!

　평시에 방문하면 자동차에서 보내야 하는 시간을 줄일 수있고, 항공권이나 기차표를 예매하려고 애쓰지 않아도 된다.

직장 혹은 거래처에서 받은 선물은 택배 스티커만 조심스레 떼어내 고스란히 다른 사람들에게 줘야 한다.

때론 이로도 부족하여 지갑을 턴다. 하여 회사에서 받은 보너스는 뜨거운 물속의 설탕처럼 빠르게 사라진다.

오랜 시간 이동해야 하니 몸은 피곤하고, 평상시에 없던 지출이 커서 부담이 된다.

고향에 당도하면 학교 성적, 진학, 취직, 결혼, 승진 등에 관한 스트레스를 받는다.

술이라도 한잔 들어가면 무지막지한 잔소리가 시작될 수도 있다.

설레는 마음으로 갔다가 스트레스 만빵이 되어 돌아오니 이쯤 되면 명절(名節)이 아니라 망절(亡節)이다.

하여 명절이란 것을 없애 버렸다.

이실리프 제국의 1월 1일은 쉬는 날이 아니다.

새해가 밝았는데 밝자마자 놀고 시작하는 것이 마땅치 않았던 것이다.

음력 1월 1일과 음력 8월 15일은 새털처럼 많은 날 중 하나일 뿐이다. 다시 말해 공휴일이 아니다.

제국은 주 5일 근무가 아닌 주 4일 근무를 한다.

월, 화요일에 근무하고 수요일은 쉰다. 그리고 목요일, 금요일에 근무하고 토, 일요일을 쉰다.

이틀 일하고 하루 쉬고, 다시 이틀 일하고 이틀은 쉬는 것
이다.

1년은 7일×52주에 하루가 플러스된다. 따라서 208일 일하
고, 157일을 쉰다.

여기에 봄, 가을 정기휴가가 각각 3일씩 있고, 여름과 겨울
휴가가 각각 5일씩 있으니 연중 휴가일수만 16일이다.

하여 근무일수는 192일이고, 쉬는 날이 173일이다.

이밖에 건국일과 황제 탄신일이 더해지면 근무일수 190일,
휴일 175일이다.

이를 가장 작은 자연수의 비(比)로 표현하면 38 : 35이다.

이것 이외에 추가로 개인별 특별휴가가 있을 수 있다.

결혼 휴가는 무려 15일이다.

하여 결혼하는 해는 근무일과 휴일의 비율이 175 : 190으로
완벽히 반전된다. 1년의 절반 이상을 쉬는 것이니 설날과 추
석 같은 명절이 없앤 것이다.

생일을 챙기는 풍습도 바뀐다.

현재 사용하는 1년은 지구가 태양 주위를 한 바퀴 도는 시
간을 기준으로 한 것이다.

딱 365일이 아니라 365.25일이라 4년에 한번 1일을 더해주
는 윤년을 채택한 '율리우스력'을 쓰고 있다.

태어난 날을 생일이라 하고 매년 이를 기념하는데 이는 불

합리하다. 매년 0.25일씩 빨라지기 때문이다.

만일 어떤 사람이 1월 1일 0시에 태어났다면 정확히 365일이 지나면 다음 해 12월 31일 18시이다.

그다음 해는 12월 31일 12시이고, 3년이 지나면 12월 31일 06시가 된다.

이처럼 정확하지도 않기에 율리우스력으로 생일을 따지는 건 불합리하여 개념을 바꿨다.

태어난 날로부터 100일, 1,000일, 5,000일, 10,000일이 되는 날을 축하받는 날로 정한 것이다.

이후로는 매 10,000일 단위로 축일이 있다.

27.4년마다 한 번인 셈이다. 그러다 생후 100,000일이 되면 잔치를 벌여 장수(長壽)했음을 축하받는다.

이때의 나이가 대략 274세이니 축하받을 만하다.

아무튼 축일이 되어도 경제적 부담이 되는 선물을 주는 문화는 없다.

다만 축하의 뜻을 담은 편지나 카드를 주는데 따뜻한 포옹이 추가될 수는 있다.

결혼식은 양가 부모와 형제, 그리고 아주 친한 친구나 동료 몇만 초대되어 진행된다. 한쪽 인원이 많아야 20명 정도이니 40명쯤 참석하는 스몰웨딩(Small wedding)이다.

대부분 축하의 말을 건네는 것으로 끝이지만 작은 선물을 주는 이도 있다. 그래봐야 비싼 건 아니고 요즘 시세로 3만 원 이내의 소품이다.

주로 자택 마당 또는 아파트 정원에서 진행되는데 때로는 작은 레스토랑이나 카페 같은 곳을 대여하기도 한다.

한 번 입고 마는 턱시도나 웨딩드레스는 없다. 다만 상징적 의미로 면사(面紗)를 하기도 한다.

"신랑인 저, 홍길동과… 신부인 저, 곱단이는 양가 부모님과 여러 친지분들 앞에서 행복하게 잘 살도록 노력할 것을 맹세합니다. 이때까지 키워주신 양가 부모님 고맙습니다. 그리고 와주신 모든 분들에게도 감사드립니다."

이게 전부이다. 신랑과 신부 모두 평상복 차림으로 이런 말을 하는 것으로 예식은 끝이다.

결혼행진곡 연주도 없고, 주례사나 축가도 없다. 사진이나 비디오 촬영도 하지 않는다.

다만 잔잔한 배경음악을 틀어놓기는 한다.

이후엔 간단한 다과를 한다.

스프와 빵이 나오고 손바닥 반만 한 설익은 스테이크를 썰면서 와인을 마시는 가성비 꽝인 코스요리는 없다.

커피나 음료 한 잔과 케이크 한 조각이 끝이다.

폐백은 하지 않고, 이바지[15] 음식은 보내지도 않는다.

형식보다는 두 사람의 결혼생활이 중요하고, 허례보다 실용성을 중요시 하는 풍습이다.

정부에선 혼인신고를 마친 커플에게 신혼집을 배정해주고 약소한 선물로 가전제품 일체를 지급한다.

항온냉장고, TV, 세탁기, 건조기, 마나 레인지 등이다.

집을 살 필요가 없고, 비싼 돈 들여 혼수를 준비할 필요도 없으니 결혼 비용이 대폭 줄어든다.

결혼식 식대는 상당히 저렴하다. 50명이 모인다 해도 25만 원을 넘는 일은 거의 없다. 워낙 물가가 싸기 때문이다.

이러니 어려웠던 시절에 십시일반(十匙一飯)의 개념으로 생겨났던 '축의금을 주고받는 문화' 가 사라진 것이다.

신혼여행을 가기는 하지만 이실리프 제국의 영토 밖으로는 나가지 않는다. 자칫 약탈의 대상이 되는 때문이다.

신혼여행지로의 이동은 텔레포트 마법진이나 포탈 마법진을 사용하는데 비용은 면제이다.

주로 해변의 리조트 혹은 경치 좋은 산의 중턱에 조성한 산장을 이용한다.

시설은 5성급을 넘어 6성급 호텔 수준이다. 그럼에도 1박 비용은 현재의 가치로 약 2만 원이다.

---

15) 이바지 음식 : 결혼을 전후하여 신부 쪽에서 예를 갖추어 신랑 쪽으로 정성 들여 만들어 보내는 음식

술을 제외한 하루 세 끼 식사 포함이다. 신혼여행을 10일간 즐긴다 해도 20만 원이면 된다는 뜻이다.

이실리프 제국은 결혼을 축하하는 의미로 1회에 한하여 이 비용마저 받지 않는다.

따라서 신혼여행은 공짜다.

결혼기념도 생일처럼 100일, 1,000일, 5,000일, 10,000일, 20,000일 순으로 하는데 이건 단둘만의 파티로 끝난다.

이실리프 제국의 최고 기록은 결혼 100,000일을 달성했던 부부이다. 결혼 생활만 274년이니 둘 다 20세에 결혼했다면 294세가 된 것이다.

제국의 황제는 축하의 의미로 금오장(金烏杖)을 하사했다. 이를 오장이라 칭하기도 했다.

옛날에 구장(鳩杖)이라 부르던 것이 있었다.

옥구장(玉鳩杖)의 준말로, 나이 들어 벼슬에서 물러나는 신하에게 하사되던 것이다.

손잡이 끝에 비둘기 모양 장식이 있는데, 이는 비둘기가 체하는 법이 없기 때문에 늙어서 은퇴하는 신하도 체증(滯症)이 없기를 바라는 뜻이었다.

이실리프 제국 황제가 해로(偕老)한 부부에게 각각 하사하는 오장의 끝에는 '발이 셋 달린 까마귀'가 장식되어 있다.

약 50돈(187.5g)의 황금으로 제작한 것이다.

삼족오(三足烏)는 고대 신화에 나오는 태양 안에서 산다는 세 발 달린 상상의 까마귀이며, 태양을 달리 일컫는 말이기도 하다. 그리고 태양은 십장생(十長生)[16]의 으뜸이다.

따라서 오장은 274년이나 같이 늙어간 부부에게 태양처럼 오래 살라는 뜻에서 하사하는 물품이다.

이 지팡이에는 면역력 증강과 균형 감각 유지를 위한 임플로빙 이뮤너티(Improving immunity)와 밸런스(Balance)마법진이 새겨져 있다.

이보다 훨씬 긴 결혼 생활을 했던 부부가 있다.

현수와 그의 아내들이다. 아내 중 하나가 사망하면 부활마법으로 되살리기까지 했으니 당연한 일이다.

임신하게 되면 출산한 이후에도 의료 당국의 세심한 서비스를 받는다. 그리고 아이는 고등학교까지 무상교육이다.

이실리프 제국은 한국과 달리 치열한 입시 경쟁이 없다. 모든 학교의 이름이 같기 때문이다.

2016년 현재 대한민국엔 248개 4년제 대학교가 있다.

이들은 경희대학교, 중앙대학교, 부산대학교, 전북대학교, 청주대학교, 강원대학교 등 각기 명칭이 다른데 제국에선 모두를 '제국대학교'라 부르는 식이다.

아이들은 초등과정을 거치는 과정에서 어느 부문에 소질이

---

16) 십장생 : 오래도록 살고 죽지 않는다는 열 가지. 해(日), 산(山), 물(水), 돌(石), 구름(雲), 소나무(松), 불로초(不老草), 거북(龜), 학(鶴), 사슴(鹿)

있는지를 파악한다.

중등과 고등과정에선 이에 따른 맞춤교육을 받는다.

강압적인 스파르타식이 아니라서 스트레스가 대폭 줄어든다. 이후 대학으로 진학할 것인지 여부를 결정하게 된다.

만일 아이의 품성에 문제가 있다 판단되거나, 이기적이고 극성스러운 부모로 인한 문제가 발생되면 즉시 격리된다.

기간은 정상적인 학교생활을 할 수 있도록 교정될 때까지이다. 부모 또한 사회적응 교육을 받아야 한다.

그럼에도 끝까지 고쳐지지 않거나 고집을 부리면 아주 먼 곳으로 유배를 보내거나 아예 추방해버린다.

제국은 갑질을 하는 등 싸가지 없는 것들 때문에 다른 이들이 피해 보는 꼴을 못 보는 것이다.

학업을 마치면 소질 또는 전공에 따른 직업선택의 기회를 제공한다. 한국과 달리 취업전쟁이란 게 없다.

모두가 직업을 갖게 되므로 실업률은 0%에 수렴된다.

취직하지 않고 놀고먹는 선택을 하는 이들도 있었다.

그래서 극빈자가 되었는데 국가에서 지원해 준 것은 아무것도 없다. 국가에 전혀 도움이 되지 않기 때문이다.

혹자는 소비가 돕는 거라는 말을 하지만 이실리프 제국은 소비가 미덕이 아니다.

각자의 자리에서 본인의 소임을 다하는 것이 장려되는 국가이다.

아무튼 직업 없이 빈둥대다 굶어 죽은 이들이 꽤 있었다.

하지만 어느 누구도 측은히 여기지 않았다. 인간으로 태어났지만 인간답게 살지 않았기 때문이다.

국가에서 많이 배려해 주고, 각종 혜택을 베풀지만 그것도 받을 만한 사람에게만 제공한다.

세상에 완벽한 공짜는 없다!

장례식은 오직 가족들만 모여서 진행한다.

사망 이전에 아주 친했거나 각별한 사이였던 이들과 작별인사를 하는 시간을 갖기 때문이다.

하여 결혼식과 마찬가지로 가족들만 참석하는 작은 장례식(Small funeral)이 치러진다.

시신이 소멸마법진 위에 놓이면 산소, 수소, 탄소, 질소 같은 원소로 분해되는데 이중 탄소만 골라 압축시킨다.

이 작업이 끝나면 작은 다이아몬드가 만들어진다. 이를 유족에게 전하는 것으로 장례식은 끝이다.

매장이나 납골문화는 없다. 죽었음에도 땅을 차지하는 꼴을 못 보기에 금지시킨 것이다. 그래서 국립묘지가 없다.

폭발이나 추락 등 사고가 나서 현장에서 즉사한 것이 아니라면 대부분 150~200세까지 산다.

이실리프 제국의 의료 혜택 덕분이다.

그 결과 유전으로 인한 사망과 전염병 창궐로 목숨을 잃는

일은 없다. 각종 암(癌), 고혈압, 당뇨, 고지혈증 등 성인병은
아예 걸리지도 않는다.

하여 200살을 넘기는 사람이 전체의 30% 정도이고, 5% 정
도는 300살을 넘기기도 했다.

하여 장례식장이 울음바다가 되는 일은 거의 없다.

장례비용 또한 대단히 저렴하다.

무덤에 매장하거나 납골당에 안치하는 풍습이 없기에 현재
의 가치로 따지면 대략 20만 원가량 든다.

시신 안치 비용과 소멸마법진 사용료가 1만 원이고, 나머지
는 유족과 친지의 식대이다.

하여 부조금을 내는 풍습도 사라진다.

　　　　　*　　　　　　*　　　　　　*

이실리프 제국에선 제사를 지내지 않는다.

사람이 죽으면 생전의 선악에 따른 처벌이 기다리고 있다.

악행의 정도에 따라 불교에서 말하는 등활, 흑승, 중합, 규
환, 대규환, 초열, 대초열, 무간지옥 같은 곳으로 보내진다.

전쟁의 신 '데이오'는 사후(死後)에 가는 곳으로 1개의 천
국과 1개의 연옥, 그리고 9개의 지옥이 있다고 하였다.

생전의 덕업으로 천국에 이른 이는 환생까지 걸리는 시간
을 선택할 기회를 가진다고 한다.

금방 다시 태어날 수도 있고, 오래토록 천국에 머물 수도 있다는 것이다.

생전의 선업(善業)과 악업(惡業)이 애매하게나마 균형이 맞춰진 자는 연옥(煉獄)으로 보내진다.

지옥처럼 무시무시하지는 않지만 그렇다 하여 편한 곳도 아니다.

지은 죄가 모두 사(赦)해질 때까지 1초도 쉬지 않고 공부를 하거나 작업을 해야 한다.

이는 연옥에 발을 들여놓는 순간 선택하며 절대로 바뀌지 않는다.

이렇게 하여 얻은 학문적 성취와 작업의 능숙은 환생하기 직전에 완전히 삭제된다. 그간 헛짓꺼리를 했다는 것이다.

참고로 이승에서의 하루는 연옥에서 300년이다.

살을 베거나 불에 태우는 등의 고통은 주지 않지만 죽고 싶을 정도로 지루한 세월을 보내게 하는 것이다.

그러는 동안 다시 인간으로 태어나게 되면 어떠한 삶을 살 것인지를 신중히 생각해보는 시간을 갖게 한다.

지은 죄가 있어 지옥(地獄)으로 보내지면 생전에 지은 죄를 보아 어디로 갈지 정해진다.

그 후 악업에 비례한 기간 동안 지독한 고통을 겪는다.

예를 들어, 이승에서의 1년이 등활지옥에선 300년이다.

흑승은 500년, 중합 1,000년, 규환 3,000년, 대규환 5,000년이고, 초열 10,000년, 대초열 50,000년, 무간 100,000년, 염라 지옥 1,000,000년이다.

전쟁의 신 데이오가 말하길 이승에서의 3년이 지나면 처벌이 끝나 새로운 생명체에 깃든다고 하였다.

이 기간이 지나도록 회개하지 못한 악령은 형(刑)이 마쳐지는 즉시 소멸된다고 하였다.

등활지옥으로 보내졌던 영혼은 900년간 단련되었다는 뜻이고, 염라지옥으로 보내진 악령은 300만 년 동안 극심한 고통을 겪었다는 뜻이다.

선하게 살았다면 천국에 있을 것이니 이승에서의 죽은 이들의 넋을 위로하는 등의 기도 따위는 불필요하다.

연옥에 있는 영혼에겐 완전 무영향이다.

공부만 하느라, 혹은 허리 펼 시간도 없을 정도로 작업을 하느라 엄청 지루했는데 누군가 면회를 왔다면 들뜨기도 하고 기분 전환도 된다.

따라서 면회는 허용되지 않는다. 그러므로 그 어떤 기도로도 그곳에 영향을 줄 수 없다.

지옥으로 보내진 영혼을 위해 이승에서 제아무리 절실하게 빌어줘도 아무런 효과도 없다.

지은 죄가 있어 처벌받고 있는데 다른 사람이 대신 용서를 빈다고 받아들여지겠는가!

천국은 기도해 줄 필요가 없고, 연옥과 지옥은 기도가 미치지 못한다. 하여 제사를 지내는 것은 의미가 없다.

이에 현수는 음식을 차려놓고 절을 하는 제사 대신 고인을 추모하는 시간을 갖는 것으로 간소화했다.

하여 차례(茶禮)만 지내도록 했다.

유교식으로 하면 많은 시간과 음식물이 소비된다. 하여 차(茶)난 물 한 잔만 올리고 고인을 추억하게 한 것이다.

이마저 3년만 지낸다.

지옥에서 처벌을 받았다 하더라도 3년이 지나면 환생해서 어디선가 사람이나 동물로 살고 있거나 영혼이 소멸되었을 테니 이후의 차례는 의미가 없는 때문이다.

풍습이 이렇게 바뀐 건 전부 현수가 내린 지시 때문이다.

"관혼상제의 허례허식과 남들에게 과시하려는 문화는 없는 게 낫지 않을까?"

"그러하옵니다, 폐하!"

신하들 모두 허리를 접었다.

그런데 진심으로 자신의 뜻에 동의하는 것 같지는 않다.

둘러보니 다음 달에 자식이 결혼한다던 신하가 있고, 얼마 전에 부친상을 당했던 신하도 있다.

전자는 결혼식에 누구를 초대할 것인지 명단을 살피는 모습을 보였고, 후자는 장례식 후 들어온 부의금을 어찌 분배할 것인지로 형제들이 다퉜다는 후문이 있었다.

따라서 방금 전의 대답은 진심이 아니다.

남들이 하니까 또는 분위기상 황제의 뜻을 반하기 어려워 어쩔 수 없이 한 것이다.

"그럼 황명을 내린다. 향후 …… 엄히 금한다. 만일 이를 어기는 자가 있다면 채찍형에 처한다."

황제의 명을 한번 어기면 채찍질 100대, 두 번째는 200대, 세 번째는 300대의 채찍질을 당하고 영구히 추방하는 법률이 만들어졌다.

제국에서 사용하는 채찍의 끝에는 작은 매듭이 매어져 있다. 하여 몇 대만 맞아도 살이 묻어난다.

그런 걸 100대나 당하면 어찌 되겠는가!

등판이나 어깻죽지가 너덜너덜해진다. 약이 좋으니 상처야 금방 아물겠지만 겪었던 통증은 기억에서 사라지지 않는다.

하여 한번 채찍형에 당한 자는 다시는 같은 형벌을 줴시 않으려 노력 또 노력하게 마련이다.

아무튼 이상적 관혼상제에 관한 황명이 내려졌다. 이것은 제국의 영토 구석구석까지 전해졌다.

황제가 뭐 이런 것까지 정하느냐는 볼멘소리가 없었던 것은 아니다. 있기는 했지만 얼마 지나지 않아 쏙 들어갔다.

관혼상제를 치르는 이웃들을 보면 느껴지는 바가 있었던 때문이고, 황제의 뜻에 반하는 말을 했다간 그 동네에서 얼굴 들고 살기 힘들 정도로 비난을 받는 때문이다.

그리하여 이실리프 제국은 허례허식과 불필요한 낭비가 없는 나라가 되었다.

*　　　　*　　　　*

"잠시 후, Y—항공 특별편인 이 항공기는 이르쿠츠크 공항을 떠나 모스크바로 향합니다. 이륙 후 순항고도에 이를 때까지는 불편하시더라도 안전벨트를 매어주시기를 바랍니다."

현수와 지윤, 밀라와 올리비아는 1등석 자리에 앉아 지난 잡지를 들춰보고 있었다.

서서히 활주로를 달리는 느낌이 들어 창밖을 내다보니 주지사 일행이 열심히 손을 흔들고 있다.

위기에 처한 주정부를 단숨에 구해준 은인을 배웅하는 아주 바람직한 모습이었다.

"자기! 목재라면 어디서든 구할 수 있는 거잖아요."

"그건 그래."

"근데 왜 여기서, 그것도 많이 사요?"

"내 땅의 수목은 소중하니까."

"네?"

"자치령의 자연은 가급적 보호할 거야."

"개발한다면서요."

"그래, 개발은 하지. 근데 자치령에 절대 만들지 않으려 하는 체육시설이 있는데 뭔지 알아?"

"그걸 제가 어떻게……? 아! 골프장요?"

"맞아. 그럼 대한민국의 18홀짜리 골프장들 평균 면적이 마나 되는지 알아?"

"글쎄요? 그건 잘……. 전 골프장에 가본 적도 없어요."

"그래? 그럼 설명해 줄게."

잠시 현수의 설명이 이어졌다.

대한민국에 있는 18홀짜리 골프장의 대략적인 규격은 아웃코스 9홀과 인코스 9홀로 구성된다.

총 길이는 약 5,500~6,300m이고, 너비는 100~180m이다. 따라서 전체 넓이가 약 90만㎡이니 27만 평 정도이다.

한국골프장경영협회(KGBA)가 발표한 통계자료에 의하면 2015년도 골프장 이용인원은 3,541만 1,923명이었다.

개장 일수를 300일로 잡으면 하루에 11만 8,039명이 사용했다. 그리고 운영되고 있는 골프장은 총 486개이다.

이를 계산해 보면 한 곳당 242명이 이용한 셈이다. 골프장 평균면적이 27만 평이니 골퍼 1명당 556평을 쓴 것이다.

골프장이 제대로 운영되려면 잔디 관리가 필수적이다. 이를 위해 상당한 양의 농약이 사용된다.

조심한다고 하지만 어느 누구도 환경에 완전 무해하다고 할 수 없을 것이다.

그렇기에 이실리프 제국엔 골프장이 없다.

그깟 공놀이 하자고 자연을 훼손하고 끊임없이 환경에 해를 끼치는 일을 하는 건 바람직하지 않기 때문이다.

기왕에 수림을 엉망으로 만들어놨으니 이곳에 비닐하우스 단지나 온실을 조성하여 이실리프 제국에서 개량시킨 콩을 재배한다면 65일마다 약 300톤을 생산할 수 있다.

1년이면 1,684톤이다.

이보다 진보한 스마트 농장, 다시 말해 다단농토재배법이란 것이 있다.

인공적으로 재배환경을 조성해 주는 일종의 공장식 농법이다.

10단 높이로 재배하면 1년에 1만 6,840톤의 콩이 수확되고, 20단이면 3만 3,680톤이다.

현재의 농법에 비하면 180~360배 많은 양이다.

초기 설립에 많은 돈이 들어서 그렇지 한번 만들어놓으면 100년 이상 유지된다.

아무튼 486개 골프장 모두를 스마트 콩 농장으로 바꾸면 매년 818만 4,240톤~1,636만 8,480톤이 수확된다.

경기도농업기술원 자료에 의하면 대한민국의 2015년 콩 생산량은 10만 4,000톤이었고, 수입량은 131만 6,200톤이었다. 이중 500톤 가량이 수출되었다.

따라서 국내 소비총량은 약 141만 9,700톤이다.

현재 단 한 알의 콩도 생산되지 않고 있는 골프장 486개소를 모두 20단 농토로 개조한다면 국내 수요량을 모두 충족시키고 676만 4,540톤~1,494만 8,780톤을 수출할 수 있다.

국내소요량의 4.8~10.5배이다. 수입 없이 순수출로 돌아서니 외화 획득에도 도움이 된다.

다단 스마트 농장에선 콩뿐만 아니라 비교적 키가 작은 쌀, 보리, 깨, 고추 등도 재배할 수 있으니 다른 곡물의 자급률을 대폭 상향시킬 수 있을 것이다.

"… 그래서 골프장을 못 만들게 할 거야."

"이해되었어요."

지윤은 상큼한 미소를 지어 보인다. 구체적인 숫자가 나오자 단번에 이해한 것이다.

"근데 그 다단스마트 농장을 자치령에 설치할 건가요?"

면적이 넓은데 굳이 수직으로 뭔가를 세우는 초기비용이 많이 드는 일을 할 것이냐는 뜻이다.

"응! 그게 자연을 덜 훼손하는 거잖아."

"아……!"

또 이해했다는 표정이다.

"지윤이 농업부 장관 해볼래?"

"네? 제, 제가요?"

화들짝 놀란 표정이다.

아직 서른도 안 된 처녀인데 대한민국보다 몇 배나 큰 땅을 운영해보겠느냐고 물었으니 당연한 반응이다.

"농담이야, 농담, 하하하!"

비행기는 쉼 없이 모스크바를 향해 날고 있었다.

먼 우주에선 항공기를 중심으로 반경 500㎞의 움직임을 주시하고 있다.

러시아 정보국 또한 항로 주변을 유심히 관제하고 있었다. 다른 나라 대통령보다도 더한 귀빈의 움직임인지라 촉각을 곤두세운 것이다.

같은 시각, 푸틴은 이르쿠츠크 주지사로부터 받은 목재 수출에 관한 보고서를 들여다보고 있었다.

지나가 멸망하면서 생긴 리스크가 말끔히 가셨다는 매우 흡족한 내용에 파안대소를 터뜨린다.

"하하! 하하하!"

대통령의 통쾌한 웃음소리에 화들짝 놀라 자리에서 벌떡 일어난 사샤 코셰바야와 안드레이 카진스키가 집무실로 들어서자 손짓으로 가까이 불러들인다.

"네, 각하!"

"하인스 킴 대표가 모스크바로 귀환 중이야. 사샤는 국빈 접대에 소홀함이 없도록 꼼꼼히 준비해."

"네, 각하!"

"안드레이는 경찰, 아니, 정보총국에 연락해서 보안점검 또 하라고 해. 그리고 나서 사샤를 도와줘."

"네! 각하."

둘에게 지시를 내린 직후 근위대장 빅토르 졸로토프가 들어선다.

"아! 잘 왔네."

"네, 각하! 뭔 일 있으신지요?"

"응! 하인스 킴 대표가 곧 당도할 거야. 근위대 동원해서 공항부터 여기까지 확실하게 경호하게."

"넵! 각하!"

빅토르 졸로토프는 10년 동안 대통령 경호실장이었는데 현재는 국가근위대 대장으로 보직변경 되었다.

장관급이고, 무소불위(無所不爲)[17] 의 권한을 가졌다.

국가근위대(National Guard Troops)는 지난 9월 총선에서 압승을 거둔 후 새롭게 창설된 기구이다.

먼저 106만 명 수준이던 경찰 중 16만 3,000명을 차출하여 국가근위대 소속으로 근무지를 바꾸었다. 당연히 충성도가 높고, 유능한 인물 위주로 뽑았다.

이들 이외에도 상당히 많은 인원이 충원되었다.

18만 명에 달하는 '내무군(MVD)[18]' 과 내무부 산하 대테러 부대 '오몬(OMON)[19]', 그리고 조직범죄를 다뤄온 신속대응

---

17) 무소불위 : 하지 못하는 일이 없음
18) 내무군(MVD) : 공공안전 및 질서 유지, 주요시설 경비 및 대테러 작전 수행. 내전 발발 시 이를 진압. 전반적으로 국가 내부의 적을 상대하는 조직
19) 오몬(OMON) : 조직범죄와 마약 밀매조직을 소탕하는 것이 주요 임무. 검은 베레 또는 마피아 킬러라고도 불린다

부대 '소브르(SOBR)[20]' 등이 합쳐졌다.

대통령 직속 권력기관이며, 현재 인원은 약 40만 명이다.

첨단무기로 무장되어 있으며, 상당한 전력인지라 쿠데타가 시도되더라도 성공할 확률이 매우 낮다.

자리가 자리이다 보니 푸틴은 심복 중의 심복이라 할 수 있는 전 경호실장을 국가근위대장으로 발령 낸 것이다.

『전능의 팔찌』 2부 17권에 계속…

---

20) 소브르(SOBR) : 폭동 진압과 불법무장단체를 상대하는 특수부대인 스페츠나츠 부대(Spetsnaz unit)